嵐になるまで待って

成井豊

論創社

嵐になるまで待って

写真撮影
山脇孝志（カバー）
伊東和則（本文）
ブックデザイン
ヒネのデザイン事務所＋森成燕三

目次

嵐になるまで待って

WAIT UNTILL THE STORM COMES

登場人物

ユーリ（声優）
幸吉（新聞記者）
波多野（作曲家）
雪絵（波多野の姉）
滝島（ディレクター）
勝本（AD・滝島の部下）
チカコ（声優・中学三年）
津田（新聞記者・幸吉の同僚）
高杉（俳優）
広瀬教授（精神科医）

※この作品は、僕が一九九一年に書いた小説『あたしの嫌いな私の声』（宙出版刊）を戯曲化したものです。

（成井豊）

1

風の音が聞こえる。それは次第に激しくなり、いつしか嵐のようになる。暗闇の中に、電気スタンドの明かりがつく。男が机の上にノートを広げて、メモを書いている。その周りに、九つの影法師が現れる。嵐の中で、九つの影法師が揺れる。男がふと顔を上げる。嵐の音が一瞬で消える。影法師も消える。

七日目、広瀬教授の研究室。

広瀬教授が机の上から新聞を取り上げる。

広瀬教授 今朝の新聞です。「関東地方を直撃した台風十七号は、今朝六時に房総半島を通過し、昼過ぎには犬吠崎の北東一五〇キロの地点に達する模様」。そうです。嵐はもう過ぎ去ったのです。街路樹を揺らす風も、窓を叩く雨も、今頃は海の彼方。東京上空はキレイに晴れ渡り、今夜は星まで見える。しかし、僕の耳には、まだ風の音が聞こえる。雨の音も聞こえる。嵐はけっして過ぎ去ってはいないのです。僕の心の中から。

広瀬教授が振り返る。そこに、雪絵が立っている。バッグを持っている。

広瀬教授　雪絵さん、どうしてここへ？（机の上に新聞を置く）
雪絵　（手話をしながら）〈突然お邪魔して、申し訳ありません〉
広瀬教授　（手話をしながら）いや、こんなむさ苦しい所へ来てくださるなんて、身に余る光栄です。今、コーヒーを入れてきますから。
雪絵　（手話をしながら）〈結構です。すぐにお暇しますから〉
広瀬教授　（手話をしながら）遠慮しないで。僕のコーヒーはとってもおいしいんですよ。家内は、世界一だって誉めてくれます。
雪絵　（手話をしながら）〈本当に結構です。今日は、あなたにお願いしたいことがあって、来たんです〉
広瀬教授　（手話をしながら）僕にお願いしたいこと？

雪絵がバッグの中から封筒を取り出して、広瀬教授に渡す。

広瀬教授　（手話をしながら）これは手紙ですか？
雪絵　（手話をしながら）〈ええ。その手紙を、君原さんに渡してほしいんです〉
広瀬教授　（手話をしながら）君原さんに？　それだったら、あなたがご自分で渡したらいかがです。
雪絵　（手話をしながら）〈それはできません〉
広瀬教授　（手話をしながら）どうして。

雪絵　（手話をしながら）〈私は君原さんに会えません。会いたくないんです〉
広瀬教授　（手話をしながら）そうですか。じゃ、確かにお預かりします。
雪絵　（手話をしながら）〈ありがとうございます〉
広瀬教授　（手話をしながら）一つ、お聞きしていいですか？
雪絵　（手話をしながら）〈何ですか？〉
広瀬教授　（手話をしながら）あなたは、これからどうするおつもりですか？　やっぱり、ニューヨークへ帰るんですか？
雪絵　（手話をしながら）〈ええ。そこに、私たちの家がありますから〉
広瀬教授　（手話をしながら）しかし、一人では淋しいでしょう。
雪絵　（手話をしながら）〈淋しくありません。祥也は、私の心の中で生き続けていますから〉
広瀬教授　（手話をしながら）そうですか。
雪絵　（手話をしながら）〈さようなら〉
広瀬教授　（手話をしながら）さようなら。

雪絵が去る。

広瀬教授　手紙を送りたかったら、郵便ポストに入れればいい。それなのに、なぜわざわざ僕の所へ持ってきたのか。「渡してくれ」と頼んだのか。その答えは、たぶん、彼女の笑顔です。僕の研究室に入ってきてから出ていくまで、彼女は終始微笑んでいた。それが心からの微笑みだったかどうかはわかりません。が、彼女は僕に見せたかったのです。自分の笑顔を。自分が生きる勇気を失っていないということを。

広瀬教授が机の上に封筒を置く。ノートを取り上げて、ページをめくる。

広瀬教授

彼女の名前は、波多野雪絵。今回の事件がなければ、僕が彼女と出会うこともなかったでしょう。そして、嵐と出会うことも。そうです。僕の心の中に嵐を起こしたのは、きっと彼女なのです。そのことを確かめるために、僕は今回の事件をもう一度振り返ってみようと思います。嵐の前の静けさ、という言葉があります。今回の事件で言えば、一週間前の月曜日がそれに当たるでしょう。その日、君原さんは朝の六時に起きて、赤坂のスタジオへ向かいました。テレビアニメのオーディションを受けるために。

2

一日目、東京映像のスタジオ。
録音室に、勝本とチカコが入ってくる。勝本はマイクの準備をする。チカコは椅子に座って、お菓子を食べる。ミキサー室に、滝島が入ってくる。書類を持っている。

勝本 滝島さん、マイクの準備、できました。
滝島 オーケイ。それじゃ、そろそろオーディションを始めることにしよう。勝本、最初の子に入ってもらってくれ。

勝本が外に呼びかける。ユーリが録音室に入ってくる。部屋の中をキョロキョロ見回す。

滝島 どうした、緊張してるのか?
ユーリ (首を横に振って)いいえ。
滝島 嘘つけ。「オシッコちびりそうです」って、顔に書いてあるぞ。
ユーリ 実はかなり緊張してます。私、オーディションを受けるの、生まれて初めてなんで——

滝島　オーケイオーケイ。話は後でたっぷり聞いてやるから、とりあえずマイクの前に立ってくれ。君のかわいい声が聞こえないと、オーディションにならないんだ。
ユーリ　あ、すいません。
勝本　（マイクを示して）こちらへどうぞ。

ユーリがマイクに歩み寄る。勝本がマイクをユーリの顔の高さに合わせせる。

滝島　いくつか質問させてもらおう。まず、名前は？
ユーリ　君原友里です。
滝島　ユーリちゃんか。年はいくつだ。
ユーリ　二十です。いいえ、違います。先月、二十一になりました。
勝本　慌てない慌てない。ゆっくり考えてから、答えればいいんだ。
ユーリ　すいません。
滝島　（書類を見ながら）声優学校の一年生か。学校に入る前は何をやってた。
ユーリ　短大に通ってました。あと、趣味で歌を。
滝島　カラオケか？
ユーリ　違います。声楽です。
滝島　へえ。いつ頃から習ってるんだ。
ユーリ　父が声楽の先生なんで、小学校一年の時から。

13　嵐になるまで待って

滝島　じゃ、かなりうまいわけだ。
ユーリ　いいえ、それほどでも。
滝島　謙遜するな。ユースチスには、歌を歌う場面もあるんだ。音痴のヤツを合格させるわけにはいかない。
ユーリ　音痴じゃありません。一応、楽譜も読めます。
滝島　ほう。しかし、どうして歌をやめて、声優なんかになろうと思った。
ユーリ　私の声、あんまりキレイじゃないから。
滝島　「私の声じゃ、歌手にはなれない。でも、声優だったら、何とかなる」と。
ユーリ　違います。私はただ——
滝島　自分の声が嫌いなのか？
ユーリ　……変わった声だって、よく言われます。
滝島　そう言われれば、そうだな。
ユーリ　でも、声優だったら、逆に武器になると思ったんです。変わってるってことは、個性的だってことでしょう？
滝島　なるほど。じゃ、その個性的なお声で、台本を読んでもらおうじゃないか。あれ？　君、台本はどうした？
ユーリ　まだもらってません。
滝島　勝本、おまえ、何やってるんだ。
勝本　すいません、すぐに取ってきます。

チカコ　（椅子から立ち上がって）台本だったら、私のがあるよ。（ユーリに台本を差し出して）
ユーリ　はい。
チカコ　あ、ありがとう。（受け取る）
ユーリ　バッカみたい。オドオドしちゃって。
チカコ　私、別にオドオドなんて……。
ユーリ　まあ、初めてじゃ仕方ないわね。深呼吸でもすれば？
チカコ　わざわざ忠告してくれて、ありがとう。
ユーリ　バカね。私はいいのよ。
チカコ　え？
滝島　私は深呼吸なんかしなくていいの。もう役についてるんだから。
　（ユーリに）それじゃ、十二ページの三行目から読んでくれ。相手の役は、チカちゃんがやってくれる。チカちゃん、準備はいいね？
チカコ　オーケイ。
滝島　オーケイオーケイ。じゃ、始めてくれ。

ユーリは目を閉じて、首から下げたペンダントを握りしめている。

滝島　どうした？　君の科白からだぞ。
ユーリ　あ、すいません。（慌てて台本をめくる）

勝本　三行目の「ねえ、ジル」って科白から。
ユーリ　（ユーリに）慌てないで、大きく息を吸って。
（大きく息を吸って）「ねえ、ジル。僕はこんな学校、イヤでイヤで仕方ないんだ。君だって」（大きく息を吸って）「君だって、そうだろう？」
チカコ　「そうよ」
ユーリ　（大きく息を吸って）「だったら、僕と一緒に行かないか」「どこへ？」
チカコ　それ、私の科白。
ユーリ　あ、ごめんなさい。（滝島に）すいません。
滝島　いいから、続けて。
勝本　（ユーリに）「だったら、僕と」から、もう一度。
ユーリ　はい。「だったら、僕と一緒に行かないか」
チカコ　「どこへ？」
ユーリ　「僕の言うこと、信じてくれる？」
チカコ　「信じるわ。あんたが私を信じて話してくれるなら」
ユーリ　「でも、君は笑うかもしれない。とっても変な話だから」
チカコ　「そんなの、聞いてみなくちゃ、わからないじゃない」
ユーリ　「もし僕がこの世界とは別の、もう一つの世界へ行ったとしたら、君は信じてくれる？」
チカコ　その調子、その調子。
勝本　チカちゃん、次の科白。

チカコ　はいはい。「もう一つの世界って？」
ユーリ　「竜がいたり一角獣がいたり、まるでおとぎ話に出てくるような世界なんだ」
チカコ　「そんな所へ、どうやって行ったの？」
ユーリ　「魔法を使って」
チカコ　「ねえ、ユースチス。もしあんたが私を騙すつもりなら、私はあんたと一生口をききませんからね」
ユーリ　「僕は騙すつもりなんかない。これは全部、本当の話なんだ」
チカコ　「本当に本当？」
ユーリ　「本当さ。誓ってもいい」
チカコ　「わかった。じゃ、あんたの話を信じるわ」
ユーリ　「よし。それじゃ、僕と一緒に行こう」
チカコ　「でも、私、魔法なんて使えない」
ユーリ　「僕の言う通りにすればいい。僕の横に立って、両手を前に突き出して、てのひらを下にして、こう叫ぶんだ。アスラン、アスラン、アスランて」
チカコ　「アスラン、アスラン、アスラン、アスラン」
ユーリ　「アスラン、アスラン、アスラン、アスラン。どうぞ、僕たちを――」
滝島　オーケイ。そこまでにしよう。
ユーリ　ありがとうございました。（チカコに台本を差し出して）ありがとう、助けてくれて。
チカコ　（受け取って）どういたしまして。

滝島　（ユーリに）君、この台本、前にも読んだことがあるの？
ユーリ　いいえ。
滝島　じゃ、原作の『ナルニア国ものがたり』は。
ユーリ　すいません。私、このオーディションのことは、昨日初めて知ったんです。うちの山下先生が、いきなり行けって言うから。
滝島　そうか、君は山下さんの教え子か。
ユーリ　もっと早く言ってくれれば、いろいろ準備できたのに。
滝島　わかったわかった。じゃ、結果の方は今夜中に電話するから、楽しみに待っててくれ。ただし、電話するのは合格者だけだ。不合格者には電話しない。お疲れさま。
ユーリ　ありがとうございました。
チカコ　またね。

ユーリが去る。

滝島　チカちゃん、今の子、どう思う？
チカコ　私？　私は滝島さんと同じ。
勝本　（滝島に）最初はただの素人かと思ったけど、科白に集中したら、別人みたいになりましたね。磨けば光る玉って感じかな。
滝島　誰がおまえに意見を聞いた。いいから、次の子を呼んでこい。

勝本が去る。滝島とチカコも去る。

広瀬教授　オーディションが終わると、君原さんは学校へ向かいました。学校が終わると、今度はアルバイトへ。世田谷のアパートに帰ったのは、夜の十時過ぎでした。

ユーリのアパート。
ユーリがやってくる。電話をかける。別の場所に、幸吉がやってくる。受話器を取る。

幸吉　はいはい、北村です。
ユーリ　あ、幸吉君？
幸吉　なんだ、その声はユーリか。
ユーリ　悪かったわね、私で。
幸吉　ごめんごめん。ちょうど今、帰ってきたところだったから。
ユーリ　また残業？　新聞記者って、忙しいんだね。
幸吉　来週から、秋場所が始まるだろう？　今日は、武蔵丸にインタビューしてきたんだ。顔は怖いけど、心は優しい人だったぞ。で、今日は何の用事だ？
ユーリ　行ってきたよ、オーディション。
幸吉　オーディションて？

ユーリ　イヤだな。昨日、話をしたでしょう？　テレビアニメのオーディション。
幸吉　あーあー、ボリビア。
ユーリ　ボリビアじゃなくて、『ナルニア国ものがたり』。
幸吉　そーそー、ヘルニア。で、手応えはどうだった。緊張しないでやれたのか？
ユーリ　全然ダメ。何度もつっかえちゃって、監督さんも呆れてた。
幸吉　自分でそう思ってるだけじゃないのか？
ユーリ　そんなことない。相手役をやってくれた子の方がずっとうまかったもん。
幸吉　へえ、二人で競わされたのか。
ユーリ　ううん。その子はもう役についてるって言ってた。年は中学生ぐらいかな。でも、プロの声優って感じだった。
幸吉　中学生の声優か。すごいな。

別の場所に、滝島がやってくる。電話をかける。

ユーリ　科白を全部覚えてて、何も見ないでやったのよ。あの子に比べたら、私なんか、ただの素人って感じ。
幸吉　まあ、今日は初めての挑戦だったんだ。失敗して当然さ。むしろ、いい勉強をさせてもらったって感謝しなくちゃ。
ユーリ　あれ？　電話がかかってきた。ちょっと待ってて。（ボタンを押して）もしもし。

滝島　その声はユーリちゃんだな？
ユーリ　そうですけど、あなたは？
滝島　ディレクターの滝島だ。俺から電話が来たってことは、どういうことか、わかるね？
ユーリ　やっぱり不合格ですか。そうだと思ってました。
滝島　全然わかってないな。不合格者には電話しないって言っただろう。
ユーリ　それじゃ……。
滝島　合格だ。おめでとう。早速打合せをしたいから、明日の午後一時に——
ユーリ　（ボタンを押して）幸吉君！　幸吉君！
滝島　もしもし？　もしもし？
ユーリ　幸吉君てば！　聞いてるの？
幸吉　聞いてるよ。いきなり大きな声を出して、どうかしたのか？
ユーリ　合格したのよ！　私、役についたのよ！
滝島　もしもし？　もしもし！

ユーリ・幸吉・滝島が去る。

広瀬教授　君原さんが滝島さんのことを思い出したのは、それから一時間後のことでした。もちろん、滝島さんには叱られました。「おまえは今日からプロなんだぞ」と言われて、君原さんはやっと気づいたのです。自分の肩にのしかかってきた責任に。そして、二日目。

3

二日目、東京映像の会議室。
勝本とユーリがやってくる。

勝本　じゃ、滝島さんが来るまで、ここで待ってて。
ユーリ　あの、一つ聞いてもいいですか？
勝本　何？　俺の携帯の番号？
ユーリ　そうじゃなくて、オーディションのことです。どうして私が合格になったんですか？
勝本　何だよ。自分が合格したことが、まだ信じられないの？
ユーリ　だって、私なんか、全然うまくないのに。
勝本　じゃ、後で滝島さんに聞いておいてやるよ。で、今晩、君に電話する。で、君の携帯の番号なんだけど――

　　そこへ、滝島がやってくる。台本を一冊持っている。

滝島　携帯の番号なんか聞いて、どうするつもりだ、勝本。
勝本　いや、俺はただ、ＡＤとして――
滝島　君原、芸能界は恐ろしい所だ。まじめそうに見える男ほど、気を付けた方がいい。
ユーリ　違うんです。勝本さんは、私が合格になった理由を教えようとして――
滝島　ああ、その話か。昨日、おまえが帰った後、山下さんに電話したんだ。君原友里ってどんな子ですかって。
ユーリ　先生、なんて言ってました？
滝島　短大を出てから芝居を始めたんで、全然うまくない。が、感情移入だけは抜群なんで、役によってはいい線行くかもしれない。
ユーリ　本当にそう言ったんですか？
滝島　俺はギャンブルが大好きだ。特に、競馬には目がない。だから、今度のレースはおまえに賭けてみることにした。
ユーリ　滝島さん、競馬は強いんですか？
滝島　非常に弱い。しかし、今度は勝てそうな予感がするんだ。おまえの声には、不思議な響きがある。前に、どこかで聞いた覚えがあるんだけど。

勝本　彼女の声に似てる人がいるんですか？
滝島　それがどうしても思い出せないんだ。
勝本　声優ですか？
滝島　それだったら、すぐにわかる。この世界の人間じゃなくて、たぶん、男だ。
ユーリ　男？
滝島　まあ、そのうち、思い出すだろう。ほら、これが一回目の台本だ。（ユーリに台本を差し出して）明日から三日間は、歌のレッスン。来週の月曜が本番だ。期待してるぞ。
ユーリ　（台本を受け取って）頑張ります。

そこへ、チカコがやってくる。

チカコ　なんだ。やっぱり、この人が合格したんだ。
勝本　チカちゃん、学校は？
チカコ　早退してきた。
勝本　今日は終わってからでいいって言ったのに。
チカコ　平気平気。授業なんか受けなくても、一番になれるんだから。
滝島　（ユーリに）この子は、ジルの役をやる、阿部知香子。まだ中学三年だけど、声優としては五年のキャリアがある。
ユーリ　（チカコに）いろいろ迷惑をかけると思うけど、また助けてね。

チカコ　滝島さん、私、台本を取りに来たんだけど。
滝島　そうそう。やっと決定稿ができたんだ。チカちゃんの分は事務所にあるから、自分で取ってきてくれ。
チカコ　え？　滝島さんが取ってきてくれるの？
滝島　こら。誰がそんなことを言った。
チカコ　ありがとう、滝島さん。
滝島　オーケイオーケイ、ちょっと待ってろよ。

そこへ、波多野と雪絵がやってくる。

滝島　あ、波多野さん。
波多野　遅くなってすみません。タクシーが渋滞につかまっちゃって。
滝島　いや、こちらこそ、お忙しいのに呼びつけちゃって。
波多野　紹介します。姉の、雪絵です。
雪絵　（お辞儀する）
滝島　初めまして、ディレクターの滝島です。
勝本　（雪絵に）ADの勝本です。
滝島　おまえはいいの。（雪絵に）こうして知り合ったのも、何かの縁です。よかったら、今度、二人で馬でも見に行きませんか？

雪絵　（波多野を見る）
波多野　滝島さん、姉は耳が聞こえないんです。
滝島　すいません、気が付かなくて。（雪絵に大声で）ディレクターの滝島です！
勝本　（雪絵に大声で）ＡＤの勝本です！
滝島　おまえはいいって言ってるだろう！
波多野　いくら大きな声を出しても、聞こえないんです。話は手話か筆談でないと。
滝島　すいません、気が付かなくて。勝本、紙と鉛筆。
勝本　はい、ただいま！

勝本が走り去る。

チカコ　滝島さん、私の台本は？
滝島　そうだったそうだった。ついでに、波多野さんの分も取ってこないと。
波多野　滝島さん、そちらの方は？（とユーリを示す）
滝島　実は、ユースチスをやるはずだったヤツが、喉のポリープで入院しちゃいましてね。で、昨日、オーディションをやって、この子に決まったんです。
ユーリ　（波多野に）君原友里です。よろしくお願いします。
滝島　波多野祥也さんだ。今度の番組で音楽を担当してくれる。この仕事のために、わざわざニューヨークから来てくださったんだぞ。

チカコ　滝島さん、私の台本。
滝島　オーケイオーケイ。今、取ってくるから。

そこへ、勝本と高杉がやってくる。勝本はノートとペンを持っている。

勝本　高杉さんがいらっしゃいました。
高杉　滝島さん、後で裏口にタクシーを呼んでくれませんか。表は芸能レポーターいっぱいなんで。
滝島　高杉君、また何かやったの?
勝本　(高杉に)また新しい女ですか?
高杉　バカ。俺は五月に結婚したんだぞ。その俺がどうして別の女なんか——
チカコ　嘘ばっかり。
高杉　何だと?
チカコ　私、帰る。滝島さん、台本。
滝島　オーケイオーケイ。波多野さん、ちょっと待っててくださいね。
高杉　あなたが波多野さんですか。前から一度お会いしたいと思ってたんですよ。
滝島　波多野さん、彼が今度の番組で主役をやる、高杉雄二君です。
波多野　(高杉に)初めまして、波多野です。(右手を差し出す)
高杉　(波多野の右手を無視して)あなたの噂は、熊岡からいろいろ聞いてます。

滝島　熊岡？
チカコ　もういい。私、自分で取ってくる。
滝島　そうか？　じゃ、ついでに波多野さんと高杉君の分も取ってきてくれ。
チカコ　イヤだ。
ユーリ　（滝島に）私が取ってきます。チカちゃん、行こう。

ユーリとチカコが去る。

滝島　高杉君、熊岡って誰だっけ？
高杉　ギタリストの熊岡恭太郎ですよ。波多野さんはよくご存じでしょう？
滝島　思い出した。昔、高杉君とバンドをやってたヤツだ。
勝本　その人、最近、自殺したんじゃありませんでしたっけ？
高杉　ニューヨークで、ホテルの窓から飛び降りたんだ。（波多野に）あいつは、俺の高校時代からの親友でしてね。向こうへ行ってからも、しょっちゅう電話をくれたんです。その時、あなたの噂もね。
雪絵　（手話をしながら）〈祥也、熊岡さんがどうかしたの？〉
波多野　（手話をしながら）何でもないよ、姉さん。（高杉に）亡くなった人の話より、これからの話をしようじゃないか。ねえ、滝島さん。
滝島　そうですね。とりあえず、座りましょう。

広瀬教授　君原さんは会議室を出て、事務所へ向かいました。途中の廊下で。

東京映像の廊下。
ユーリとチカコがやってくる。

ユーリ　高杉雄二って、あんな人だったんだ。
チカコ　テレビで見るのと大違いでしょう？　礼儀知らずで、女ったらしで。
ユーリ　あの人が主役をやるの？
チカコ　主役のアスランをやるのよ。「高杉雄二、声優に初挑戦」だって。バッカみたい。

そこへ、津田がやってくる。

津田　ユーリちゃん、こんな所で何してるの？
チカコ　（ユーリに）知り合い？
ユーリ　ううん。滝島さんが、まじめそうに見える男ほど、気を付けた方がいいって。
チカコ　よし、無視しよう。
津田　（ユーリに）ちょっと待って。僕のこと、覚えてないの？　サンキュースポーツの津田長介。
ユーリ　サンキュースポーツって、幸吉君の？
津田　そうそう。幸吉の同僚の津田長介。

ユーリ　去年、新宿コマ劇場に連れてってくれた人？
津田　そうそう。本物のサブちゃんに会わせてやったじゃないか。
ユーリ　あの時はどうも。
チカコ　私、先に行くね。

チカコが去る。

津田　ユーリちゃん、今、そこの部屋から出てきたよね？　中に、高杉雄二はいなかった？
ユーリ　いましたけど。
津田　ユーリちゃん、高杉と知り合い？
ユーリ　いいえ、さっき初めて会ったんです。今度、一緒にお仕事することになって。
津田　何の仕事？
ユーリ　私、声優になったんです。オーディションに合格して。
津田　一つ、頼み事をしてもいいかな？
ユーリ　何ですか？
津田　あの部屋に戻る時、僕も一緒に連れてってくれないか？
ユーリ　どうして？
津田　僕は高杉にインタビューがしたいんだ。それなのに、高杉は逃げ回ってばかりいる。今日中に何とかしないと、僕はクビになるかもしれない。

ユーリ　本当に？

そこへ、チカコが戻ってくる。台本を三冊持っている。

チカコ　はい、台本。（台本を二冊差し出す）
ユーリ　（受け取って）ありがとう。
チカコ　その人の言うこと、信用しない方がいいわよ。嘘つきだから。
津田　バカなことを言うな！
チカコ　またね。

チカコが去る。

ユーリ　嘘つきなんですか？
津田　僕は幸吉の親友だ。君が幸吉を信じているなら、僕のことも信じてくれ。
ユーリ　わかりました。でも、津田さんのことを聞かれたら、何て答えればいいんですか？
津田　そうだな。君の兄貴ってことにしよう。（ポケットからテープレコーダーを取り出し、ボタンを押し、またポケットにしまって）行こう、ユーリちゃん。
ユーリ　はい、兄貴。

ユーリと津田が去る。

広瀬教授　その頃、会議室では。

東京映像の会議室。

滝島　高杉君、そう言わずに、頼むよ。
高杉　冗談じゃない。なぜ俺がレッスンなんか受けなくちゃいけないんです。
滝島　だから、波多野さんは、君の歌唱力に合わせて曲を作りたいと言ってるんだ。そのためには、実際に君の歌を聞かないと。

そこへ、ユーリがやってくる。

ユーリ　滝島さん、台本です。（台本を二冊差し出す）
滝島　（受け取って）あ、ありがとう。
勝本　君原、その人は誰だ？
ユーリ　こちらは私の叔父貴です。あ、間違えた。
津田　（勝本に）ユーリの叔父貴の長介です。初めまして。
高杉　（滝島の手から台本を一冊取って）じゃ、次の仕事があるんで、失礼します。

津田　高杉さん。一つ聞きたいことがあるんですけど――

滝島　（高杉に）じゃ、明日のレッスンは朝の十時からだよ。

高杉　だから、俺は断るって言ったでしょう。

波多野　僕の前で歌うのが、恥ずかしいのか？

高杉　そうじゃなくて、今さらガキみたいな真似はできないって言ってるんだ。

津田　あの、一つだけでいいですから、僕の質問に答えて――

滝島　高杉君、波多野さんは君のためを思って言ってるんだよ。

波多野　どうでしょう、滝島さん。高杉君の歌はナシってことにしたら。

高杉　そんなこと、できるわけないだろう。俺は主役なんだぞ。

波多野　（滝島に）吹き替えっていう手もありますよね？　僕の知り合いでよかったら、何人か当ってみますけど。

高杉　勝手なことを言うな。おまえ、何様のつもりだ？（波多野に詰め寄る）

勝本　（高杉を押さえて）ちょっと、高杉さん。

高杉　（勝本を振り払って）おまえはただの音楽担当だろう。だったら、俺につべこべ言う前に、曲を作ってこい。

波多野　せっかく作っても、君に歌いこなせなかったら、困るじゃないか。

高杉　何だと、この野郎！（波多野につかみかかる）

勝本　（高杉をつかんで）高杉さん、何をするんですか！

高杉　わかったわかった。おとなしくしてるから、放せよ。（と勝本を振り払う）

滝島　（波多野に）どうでしょう？　この話は、また日を改めてってことで。
波多野　申し訳ないけど、僕にはあまり時間がないんです。彼のワガママに付き合うわけにはいきません。
高杉　何だと？
勝本　高杉さん、暴力はやめてください。
高杉　（波多野に）熊岡が言ってた通りだな。傲慢で、自分勝手で。
波多野　それは君のことだろう。
高杉　いや、さすがの俺もあんたにはかなわない。あんたみたいに、他人を自殺させたことはないからな。
波多野　それはどういう意味だ。
高杉　熊岡のことだよ。あんたはあんたのスタジオから熊岡を追い出した。おまけに、裏から手を回して、ニューヨークの業界から締め出したんだ。
波多野　僕にそんなことができるわけないだろう。
高杉　できるさ。あんたはニューヨークじゃ、有名人だからな。熊岡が自殺したのは、みんなあんたのせいなんだ。
波多野　君が親友を思う気持ちはわかる。しかし、君の言ってることは、単なる逆恨みに過ぎない。
高杉　お姉さん、あんたはどう思う。
波多野　やめろ。
高杉　（雪絵に）熊岡はなぜクビになったんだ。なぜホテルの窓から飛び降りたんだ。

波多野　姉に話しかけるな。
高杉　おまえには関係ないだろう。（雪絵に）あんたの弟は何をしたんだ。あんたなら知ってるだろう。
雪絵　（手話をしながら）〈熊岡さんは本当に自殺したんですか?〉
高杉　（雪絵の手をつかんで）え?　今、何て言ったんだ?
波多野　（高杉の手をつかんで）放せ。
高杉　（波多野を突き飛ばして）邪魔するなよ。俺は彼女と話をしてるんだ。
波多野　姉は話なんかしてない。
高杉　今、口を動かしただろう。（雪絵の手をつかんで）もう一度動かしてみろ。さあ、早く。
雪絵　（高杉の手を振り払う）
高杉　（雪絵の手をつかんで）口を動かせ。早く!
波多野　高杉、その手を放せ。
高杉　うるせえな。おまえは黙ってろ!
波多野　放せ!

と同時に、もう一つの声が聞こえる。「死んでしまえ!」
高杉が雪絵の手を放す。雪絵が波多野に駆け寄る。高杉が去る。

津田　高杉さん!　どこに行くんですか?

津田が走り去る。

勝本　（波多野に）すいませんでした、うまく止められなくて。

波多野　いや、僕の方こそ、つい感情的になっちゃって。

滝島　いやいや、波多野さんは立派でしたよ。高杉のヤツ、波多野さんの「放せ」って一言で、シュンとなったじゃないですか。なあ、君原？

ユーリ　滝島さんには聞こえなかったんですか？

滝島　何が？

ユーリ　波多野さんの……。

波多野　僕の、何ですか？

ユーリ　いいえ……。

滝島　（波多野に）高杉には、僕からよく言っておきます。だから、また日を改めてってことで。

（台本を差し出す）

波多野　（受け取って）仕方ないですね。それじゃ、また明日。姉さん。

雪絵　（滝島にお辞儀する）

波多野と雪絵が去る。ユーリ・滝島・勝本も去る。

広瀬教授　君原さんにはとっては、大変ショックな一日でした。原因は、波多野さんと高杉さんの喧嘩ではありません。喧嘩の最後に聞こえた、不思議な声です。それが一体何だったのか。君原さんにはいくら考えても、わかりませんでした。だから、その夜。

4

ユーリのアパート。
ユーリがやってくる。電話をかける。別の場所に、幸吉がやってくる。受話器を取る。

幸吉　はいはい、北村です。
ユーリ　あ、幸吉君？
幸吉　なんだ、またユーリか。これで三日連続だな。
ユーリ　何よ。私が電話したら、迷惑？
幸吉　そうじゃないけど、今日は早く帰れたから、晩飯を作ってるところなんだ。
ユーリ　幸吉君、一つ聞いてもいい？
幸吉　晩飯のメニューか？　今日はパパイヤカレーに挑戦だ。

ユーリ　そうじゃなくて、私が聞きたいのは声のこと。
幸吉　声って？
ユーリ　私の言うこと、信じてくれる？
幸吉　信じるさ。ユーリが俺を信じて話してくれるなら。
ユーリ　でも、幸吉君は笑うかもしれない。とっても変な話だから。
幸吉　そんなの、聞いてみなくちゃわからないじゃないか。
ユーリ　ある人の声が、私には二つ聞こえたのよ。他の人には一つしか聞こえなかったのに、私にはもう一つ、つまり、二つの声がいっぺんに聞こえたのよ。
幸吉　二つの声がいっぺんに？
ユーリ　そう。
幸吉　念のために聞いておくけど、その人にはいくつ口があった？
ユーリ　一つに決まってるでしょう？
幸吉　その人は一人だったか？　すぐ後ろに、双子の兄弟は隠れてなかったか？
ユーリ　幸吉君、まじめに聞いてる？
幸吉　台所の方が気になってるけど、まじめに聞こうと努力はしてる。で、ユーリにしか聞こえなかった声は、確かにその人の声なんだな？
ユーリ　さっきから言ってるでしょう？　同じ人の声よ。
幸吉　それはもしかすると、心の声ってやつかもしれないぞ。
ユーリ　心の声？

幸吉　精神感応力って聞いたことないか？　自分の気持ちを黙ったまま伝えたり、相手の気持ちを黙ったまま読み取ったりする能力。
ユーリ　テレパシーのこと？
幸吉　そうそう。その人は、口で言ってることとは別のことを、精神感応力で伝えようとしたんだ。
ユーリ　それがどうして私にだけ聞こえたわけ？
幸吉　それはつまり、ユーリにも精神感応力があるってことさ。
ユーリ　幸吉君、本気で言ってる？
幸吉　悪いけど、台所の方が気になってる。そろそろ鍋が沸騰しそうなんだ。
ユーリ　私と鍋と、どっちが大切なの？
幸吉　そりゃ、長い目で見れば、ユーリだけど――
ユーリ　もういい。やっぱり信じてくれないと思った。（と電話を切る）
幸吉　ユーリ！（受話器を見て）二つ目の声なんて、信じられるわけないだろう。

ユーリと幸吉が去る。

広瀬教授　その夜、君原さんは明け方まで眠れなかったそうです。そして、三日目。

三日目、東京映像の会議室。

滝島・波多野・雪絵がやってくる。

滝島　あの後、高杉君に電話したんですがね。何度かけても出ないんです。
波多野　それじゃ、今日は？
滝島　たぶん来ないと思います。一応、留守電には「必ず来い」って入れておいたんですが。
波多野　滝島さん、僕はあと五日しか日本にいられないんですよ。
滝島　そうでしたね。じゃ、今度は「死んでも来い」って入れておきます。

そこへ、ユーリと勝本がやってくる。勝本はノートとペンを持っている。

勝本　君原友里、ただいま到着です。
ユーリ　おはようございます。
滝島　よかった。おまえまで来なかったら、どうしようかと思ってたんだ。波多野さん、とりあえず、君原だけでレッスンを始めてください。
勝本　（波多野に）ピアノは、突き当たりの練習室にあります。鍵は開けておきましたから。
滝島　（ユーリに）頑張れよ。
ユーリ　あれ、滝島さんと勝本さんは？
滝島　俺はここに残って、雪絵さんと親睦を深めることにする。いいでしょう、雪絵さん？
雪絵　（手話をしながら）〈もう一度言ってください〉

滝島　そうでしたそうでした。勝本、紙と鉛筆。

勝本　もう書きました。雪絵さん、読んでください。（ノートを見せる）

雪絵　（手話をしながら）〈喜んで〉（勝本と握手する）

滝島　（勝本に）おまえ、何て書いたんだ。（勝本の手からノートを取って）「僕と友達になってください」

勝本　まずは友達からです。

滝島　（雪絵にノートを見せて）雪絵さん、僕とも友達になってください。

雪絵　（手話をしながら）〈喜んで〉（滝島と握手する）

滝島　オーケイオーケイ。（ユーリに）おまえはそこで何をしてる。さっさとレッスンに行ってこい。

ユーリ　でも……。

滝島　どうした。一人じゃ恥ずかしいのか？　歌には自信があるって言ったくせに。

ユーリ　そんなこと言ってません。

波多野　滝島さんから聞いたよ。君は小学生の頃から声楽を習ってるんだって？

ユーリ　今はもうやってません。

波多野　どうして？

滝島　君原は自分の声が嫌いなんですよ。変わった声だって言われるから。待てよ。

波多野　どうかしたんですか、滝島さん。

滝島　君原、おまえの声に似てる人がわかったぞ。

勝本　え？　誰だったんですか？
滝島　今、俺の目の前にいる人だ。
波多野　僕ですか？　ちょっと待ってください。僕は男ですよ。
滝島　だから、普段の声はあまり似てません。でも、声が大きくなると、似てくるんです。
勝本　そう言えば、昨日、高杉に言った「放せ」って声。オーディションで聞いた君原の声によく似てました。
波多野　信じられないな。僕は大声を出すと、女っぽい声になるんですか。
滝島　いや、逆ですよ。君原が男っぽい声になるんです。
波多野　（ユーリに）だから、僕の前で歌うのが恥ずかしかったんだね？
滝島　（ユーリに）オーディションの時、ユースチスには歌があるって言っておいたはずだぞ。それなのに、今さら歌いたくないなんて。
ユーリ　歌いたくないとは言ってません。
滝島　それなら、どうしてイヤがるんだ。
波多野　（ユーリに）もしかして、僕と二人きりになるのが怖いのか？
ユーリ　私は……。
波多野　僕は何もしないよ。さあ、レッスンに行こう。

波多野がユーリの手をつかむ。ユーリが波多野の手を振り払う。

滝島　バカ！　波多野さんに向かって、何てことをするんだ。
勝本　どうしたんだよ、君原。体の具合でも悪いのか？
滝島　プロなら、体調を整えるのも仕事の内だ。君原、波多野さんに謝れ。
波多野　いいんですよ。（ユーリに）さあ、こっちに来て。
ユーリ　私は……。
波多野　怖がらなくていいから。さあ。

波多野がユーリの手をつかむ。ユーリが波多野の手を振り払う。が、波多野はユーリの手を放さない。二人が揉み合う。ユーリが波多野を突き飛ばす。ユーリが走り去る。

勝本　おい、君原！
滝島　（波多野に）すいません。すぐに連れ戻しますから。

滝島と勝本が走り去る。

雪絵　（手話をしながら）〈君原さん、どうかしたの？〉
波多野　（手話をしながら）さあ。僕にもよくわからないんだ。

波多野が床からペンダントを拾い上げる。波多野と雪絵が去る。

広瀬教授　君原さんは世田谷のアパートへ真っ直ぐ帰りました。部屋に入って、ドアの鍵を締めても、胸の鼓動は治まりませんでした。昨日の声が、何度も耳元に蘇ってくるのです。死んでしまえ、死んでしまえと。ふと気が付くと、部屋の中は真っ暗でした。いつの間にか、夜になっていたのです。

5

ユーリのアパート。

ユーリがやってくる。電話をかける。幸吉は出ない。別の場所に、波多野がやってくる。電話をかける。ユーリが電話を切る。電話が鳴る。ユーリが電話に出る。

ユーリ　幸吉君？　どうしてすぐに出てくれなかったのよ。

波多野　その声は君原君だね？

ユーリ　……。

波多野　波多野です。いきなり電話してごめんね。

ユーリ　……。

波多野　昼間は本当に驚いたよ。君の声が、僕の声に似ていたなんて。君にもかなりショックだったんじゃないかな。それで、あんなふうに飛び出していったんだろう？
ユーリ　すいませんでした。
波多野　僕は別に文句を言おうと思って、電話したんじゃない。実はあの後、ペンダントを拾ってね。木でできたイルカのペンダントなんだけど、覚えはある？
ユーリ　それ、私のです。
波多野　やっぱりそうか。もし大切なものなら、困ってるんじゃないかと思ってね。それで、滝島さんに君の連絡先を聞いたんだ。
ユーリ　返していただけますか？
波多野　もちろんだよ。もしよかったら、今から取りに来ないか？　僕の泊まってるホテルに。
ユーリ　いいえ、明日で結構です。スタジオに持ってきてください。
波多野　それは困る。明日は別の仕事があって、スタジオに行けないんだ。
ユーリ　それなら、明後日で結構です。
波多野　昼間のことを本当に反省してるなら、謝りに来てくれてもいいんじゃないか？
ユーリ　それは今、すいませんでしたって言ったじゃないですか。
波多野　僕は意地悪だから、コーヒーぐらいおごってもらわないと許さないんだ。それじゃ、今から一時間後に、プリンセスホテルのロビーで。（電話を切る）
ユーリ　ちょっと待ってください！（電話を見て）どうしよう……。

ユーリが去る。
プリンセスホテルの、波多野の部屋。
波多野が受話器を置く。そこへ、雪絵がやってくる。

雪絵　(手話をしながら)〈電話?〉
波多野　(手話をしながら)ああ。ちょっと出かけてくるよ。
雪絵　(手話をしながら)〈こんな時間に、どこへ?〉
波多野　(手話をしながら)ロビーへ行くだけさ。今から、人が会いに来るんだ。
雪絵　(手話をしながら)〈誰?〉
波多野　(手話をしながら)一緒に仕事をしてる人。すぐに戻ってくるから。
雪絵　(手話をしながら)〈私には言えない人なの?〉
波多野　(手話をしながら)心配しないで。高杉じゃないから。

波多野と雪絵が去る。

広瀬教授　波多野さんの泊まっているホテルは、品川にありました。ロビーには人が大勢いたので、波多野さんの姿はなかなか見つかりませんでした。約束の時間を十五分も過ぎて。

プリンセスホテルのロビー。

ユーリがやってくる。周囲を見回し、時計を見る。ふと、ユーリが振り返る。そこに、波多野が立っている。

波多野　やっぱり来てくれたね。
ユーリ　昼間はすいませんでした。私、どうかしてたみたいで。
波多野　そのことは、もう気にしなくていい。こうして謝りに来てくれたんだ。
ユーリ　あの、私のペンダントは？
波多野　（ポケットからペンダントを出して）ここにあるよ。でも、その前に、どこか静かな場所へ行こう。ここじゃ、落ち着いて話もできない。
ユーリ　私はペンダントを取りに来ただけですから。（ペンダントに手を伸ばす）
波多野　（ユーリの手を避けて）コーヒーをおごってもらう約束じゃなかったっけ？
ユーリ　約束なんかしてません。
波多野　それじゃ、かわりに僕がおごろう。コーヒーの他に、チーズケーキをつけてもいい。
ユーリ　結構です。今は、おなかが空いてないんで。
波多野　せっかくおごるって言ってるのに。
ユーリ　お願いですから、ペンダントを返してください。
波多野　そんなにムキになるところを見ると、よっぽど大切なものだったんだね。もしかして、誰かのプレゼント？
ユーリ　そんなの、あなたには関係ないじゃないですか。

波多野　へえ、幸吉君て人にもらったのか。その人、君とどういう関係？
ユーリ　どうしてそんなこと……。
波多野　中学時代の家庭教師か。いや、ただの家庭教師じゃないな。君はその人のことが好きなんだ。
ユーリ　違います。
波多野　いや、君は彼のことが好きだ。それなのに、彼には打ち明けられずにいる。なぜかと言うと――
ユーリ　違うって言ってるでしょう？
波多野　なぜかと言うと、君には自信がないんだ。彼は君のことを、ただの教え子としか見ていないから。自分が一人の女として、彼の愛情の対象になれるかどうか、不安で不安でたまらないんだ。
ユーリ　私、帰ります。（ペンダントに手を伸ばす）
波多野　（ユーリの手を避けて）何より、その声だ。
ユーリ　……。
波多野　君の声は、あまり女らしいとは言えない。大きな声を出すと、男の僕とそっくりになるぐらいだし。君は君の声のおかげで、彼に女として認めてもらえないんだ。
ユーリ　そんなこと、あなたに言われなくても、わかってます。
波多野　彼に愛してもらうためには、たった一つの方法しかない。そんなことをしたら、声優の仕事はできなくなるが、今の君にはその方がいいのかもしれない。その方法は――
ユーリ　やめて。

波多野　その方法は、君が声を出さないことだ。
ユーリ　やめて！　もう聞きたくない！
波多野　君が声を出さなければ、彼は君を愛してくれる。

と同時に、もう一つの声が聞こえる。「君が声を出さなければ、彼は君を愛してくれる」
ユーリが後ずさりして、波多野から離れる。

波多野　ごめん。ちょっと言いすぎたみたいだな。気に障ったら、謝るよ。
ユーリ　（歩き出す）
波多野　もう帰るの？　まだ五分も話してないのに。（ユーリの手をつかむ）
ユーリ　（立ち止まる）
波多野　ほら。忘れ物だよ。（ユーリのてのひらにペンダントを載せる）

ユーリが去る。波多野が振り返る。そこに、雪絵が立っている。

波多野　（手話をしながら）姉さん、いつからそこにいたの？
雪絵　（手話をしながら）〈君原さんだったのね？〉
波多野　（手話をしながら）そうだよ。一緒に仕事をしてる人って言っただろう？
雪絵　（手話をしながら）〈何の話をしていたの？〉

波多野　（手話をしながら）ペンダントを取りに来たんだ。ちゃんと返してあげたよ。
雪絵　（手話をしながら）〈それだけ？〉
波多野　（手話をしながら）それだけさ。彼女、とっても喜んでた。

波多野と雪絵が去る。

広瀬教授　ホテルの外へ出ると、風が吹いていました。冷たく湿った風が。君原さんはその風の中を、駅に向かって歩き出しました。

品川駅。
ユーリがやってくる。電話をかける。別の場所に、幸吉がやってくる。受話器を取る。

幸吉　はいはい、北村です。
ユーリ　〈幸吉君？〉（口を動かしてから、声が出せないことに気づく）
幸吉　もしもし、北村ですけど。
ユーリ　（声を出そうとするが、出ない）
幸吉　何だよ、いたずら電話か？　悪いけど、切りますよ。
ユーリ　〈幸吉君！〉
幸吉　ん？

ユーリ　〈幸吉君！　幸吉君！〉

幸吉　ユーリか？　ユーリなんだろう？

ユーリ　〈そうよ。私よ〉

幸吉　なぜ声を出さないんだ？　俺のこと、からかってるのか？

ユーリ　〈そうじゃない。そうじゃないのよ〉

幸吉　おい、どうしたんだよ。何で泣いてるんだよ。

ユーリ　〈幸吉君、助けに来て〉

幸吉　今、どこにいるんだ？　泣いてないで、言ってみろ。

ユーリ　〈声が出ないのよ〉

幸吉　もしかして、声が出なくなったのか？　だから、ずっと黙ってるのか？

ユーリ　〈そうよ〉

幸吉　イエスなら、受話器を一回叩け。ノーなら二回だ。

ユーリ　（電話を一回叩く）

幸吉　そうか。それじゃ、どこにいるのか、答えようがないな。待てよ。ユーリ、その電話は携帯か？

ユーリ　（電話を一回叩く）

幸吉　じゃ、メールを送ってくれ。すぐに迎えに行くから。

幸吉が走り去る。

6

広瀬教授　駅前の歩道に立ち尽くしたまま、君原さんは幸吉君が来るのを待ち続けました。冷たく湿った風に吹かれて。やがて、君原さんの頬に雨が一粒、落ちてきました。見上げると、空には星一つなく、厚い雲が西から東へゆっくりと動いていました。そうです。とうとう嵐がやってきたのです。

品川駅。
幸吉がやってくる。ユーリに歩み寄り、肩を叩く。幸吉とユーリが去る。

広瀬教授　四日目、君原さんは幸吉君に連れられて、本郷の東大病院へ行きました。突然出なくなった声を、取り戻すために。耳鼻咽喉科の早川先生は、君原さんの喉を詳しく検査してくれました。が、結果は全く異常なし。君原さんの喉は傷一つない、極めて健康な喉だったのです。早川先生は君原さんに言いました。君の声が出なくなったのは、喉の病気ではない。心の病気だと。そして、精神科の広瀬教授の研究室へ行くようにと。広瀬教授とは、もちろん、僕のこと。そうです。とうとう僕と君原さんが出会う日がやってきたのです。

四日目、広瀬教授の研究室。
幸吉とユーリがやってくる。幸吉は傘を持っている。

広瀬教授 その時、僕は新聞を読んでいました。（机の上から新聞を取り上げる）

幸吉 失礼します。

広瀬教授 おいおい、また台風が来るのかよ。まいったな。中心気圧九二五ヘクトパスカル、最大風速六十五メートルか。こいつはかなりでかいぞ。俺なんか、簡単に吹き飛ばされるぞ。まいったな。

幸吉 あの、早川先生に言われて、来たんですが。

広瀬教授 明日の夜、紀伊半島に上陸して、明後日の夜、関東を直撃か。また川が増水して、電車が止まるんだ。家にいる時なら別に構わないけど、ここにいる時に止まったらどうする。家まで泳いで帰るか？　まいったな。

幸吉 こちらは広瀬教授の研究室ですよね？

広瀬教授 しかし、こんなに「まいったな」を連発してるのに、口許がニヤニヤしてしまうのはなぜだ。もしかして、俺は台風が好きなのか？　まいったな。（幸吉とユーリを見て）おや？

幸吉 どうも。

広瀬教授 聞いてたんですか、今の。

幸吉 ええ、まあ。（ユーリに）帰ろうか。

広瀬教授　まあまあ、そう言わないで。（右手を差し出して）広瀬です。初めまして。
幸吉　（広瀬教授の右手を握って）北村です。
広瀬教授　（ユーリに右手を差し出して）あなたが君原さんですか。
ユーリ　（うなずいて、広瀬教授の右手を握る）
広瀬教授　話は早川先生から聞きました。要するに、あなたは精神的な障害で、声が出せなくなったんですね？
幸吉　それがよくわからないんです。早川先生は、喉には全く異常がないって仰ってましたけど。
広瀬教授　なるほど。まあ、こういうケースはけっして珍しくないんです。精神的に強いショックを受けると、しばらく口がきけなくなることがある。たとえば、目の前で人が死ぬのを見たりとか。大抵の場合は、子供に現れる症状なんですが。
幸吉　でも、彼女は二十一ですよ。
広瀬教授　もう子供とは言えない年齢ですね。これはさすがに珍しい。
幸吉　それに、強いショックも受けてないし。そうだろう、ユーリ？
ユーリ　（うなずく）
広瀬教授　しかし、どんな病気にも必ず原因がある。あなたにとってはそんなに大したことじゃなくても、潜在意識にとってはとてつもない衝撃だった。そんな経験を、知らない間にしてしまったのかもしれません。昨夜の出来事をもう一度思い出してください。いつもと何か変わったことはありませんでしたか？
幸吉　どうなんだ、ユーリ？

ユーリ　（考えている）

広瀬教授　声が出なくなったのは、何時頃ですか？

幸吉　十一時過ぎです。僕に電話をかけてきて、その時、声が出ないことに気づいたんです。

広瀬教授　（ユーリに）その時、あなたはどこにいましたか？

幸吉　品川駅の、駅前の歩道です。

広瀬教授　（ユーリに）そこで、何か起きませんでしたか？　交通事故とか、酔っ払いにからまれたとか。

ユーリ　（首を横に振る）

広瀬教授　じゃ、その前は？

幸吉　（ユーリに）人に会ってたんだよな？

広瀬教授　誰に。

幸吉　波多野祥也って人です。作曲家の。

広瀬教授　どこで。

幸吉　波多野さんが泊まってる、プリンセスホテルです。

広瀬教授　ホテルですって？　そんな所へ何しに行ったんですか？

幸吉　（ユーリに）仕事の話だよな？（広瀬教授に）彼女はアニメの声優なんです。波多野さんはその番組の音楽を担当してまして。

広瀬教授　（ユーリに）それだったら、昼間、仕事場で話せばいいじゃないですか。どうしてわざわざホテルなんかで。

ユーリ　（ペンでメモ帳に書く）

幸吉　（広瀬教授に）ちょっと待ってください。ユーリが何か書いてます。（メモを読んで）「ロビー」か。波多野さんとはロビーで会ったんだな？（広瀬教授に）変な疑いをかけるのはやめてください。

広瀬教授　しかし、若い女性をホテルに呼びつけるなんて、ずいぶん非常識な人ですね。

幸吉　そう言えば、そうだな。ユーリ、波多野さんて、どんな人なんだ？

ユーリ　（ペンでメモ帳に書く）

幸吉　（メモを読んで）「怖い人」？　どんなふうに怖いんだ。

広瀬教授　（ユーリに）あなた、波多野さんに何か言われたんですか？　たとえば、君とは一緒に仕事をしたくないとか。

幸吉　それが、潜在意識に衝撃を与えたんですか？

広瀬教授　あくまでも、一つの可能性ですが。

幸吉　どうなんだ、ユーリ。波多野さんに、何かイヤなことを言われたのか？

ユーリ　（うつむく）

幸吉　なぜ答えないんだよ。俺には言えないことなのか？

広瀬教授　まあまあ、大きな声を出さないで。

幸吉　でも、原因が波多野さんにあることは、間違いないんですよ。

広瀬教授　それはまだわからない。彼女が話してくれなければ、判断はできません。（ユーリに）あなたが心を開いてくれなければ、僕には何もできないんです。

広瀬教授　ユーリ……。

幸吉　（ユーリに）時間がかかるなら、いつまででも待ちます。もし話す気になったら、ここに電話してください。（ユーリに名刺を渡す）

広瀬教授　でも、ユーリは声が出せないんですよ。

幸吉　（ユーリに）じゃ、手紙を書いて、速達で送ってください。

広瀬教授　そんな面倒臭いことしないで、携帯にメールすればいいじゃないですか。

幸吉　僕、携帯、持ってません。

広瀬教授　なぜですか？　持ってた方が絶対便利ですよ。

幸吉　僕は機械が苦手なんです。車も運転できないし、自転車にも乗れない。

広瀬教授　じゃ、僕がメールの打ち方を教えてあげましょう。（ポケットから携帯電話を取り出して）見てください。「1」のボタンに「あ」って書いてありますよね？　これは、「1」のボタンがあ行だって意味なんです。「あ」なら一回、「い」なら二回押すんです。

幸吉　なるほど。「か」なら六回押すわけだ。

広瀬教授　全然違います。たとえば、ユーリの「ユ」の字は、ヤ行ですよね？　ヤ行はアカサタナハマヤで八行目。「ユ」はヤユヨで二つ目。だから、「ユ」は「8」のボタンを二回押すんです。

幸吉　なるほど。でも、僕は携帯を持ってないんですよ。

広瀬教授　この方法を使えば、携帯じゃなくても、話ができるんです。数字の回数だけ、受話器を叩くんですよ。

広瀬教授　（ユーリに）よし、それを合図にしましょう。受話器を八回と二回叩く。そうすれば、あなたからの電話だとわかる。

その時、ユーリが広瀬教授の手から新聞を奪う。

幸吉　ユーリ！
広瀬教授　（ユーリに）どうしたんです、いきなり。
ユーリ　（新聞の一面を見つめている）
広瀬教授　今朝の新聞ですよ。何か、おもしろい記事がありましたか？
ユーリ　（記事を指さす）
幸吉　（新聞を受け取って）「高杉雄二、自殺未遂」
広瀬教授　高杉雄二って？
幸吉　「昨日午後七時頃、東京都西多摩郡奥多摩町の林道脇の崖下で、俳優の高杉雄二さん所有の自家用車が発見された。地元の警察が内部を捜索したところ、運転席で倒れていた高杉さんを発見」
ユーリ　（幸吉に倒れかかる）
幸吉　（ユーリの体を支えて）ユーリ！　ユーリ！

ユーリ・幸吉・広瀬教授が去る。

7

五日目、聖セシリア病院の玄関。

波多野と雪絵がやってくる。波多野は傘を、雪絵はケーキの箱を持っている。そこへ、津田がやってくる。傘を持っている。

津田　波多野さんですよね？
波多野　あなたは？
津田　サンキュースポーツの津田長介です。三日前に、東京映像のスタジオでお会いしましたよね？
波多野　ああ。でも、あの時は、君原君の叔父さんだって言ってませんでしたか？
津田　いいえ。何かの聞き間違いでしょう。
波多野　あなたも、高杉君のお見舞いに？
津田　いや、僕は取材です。よかったら、いくつか質問させてもらえませんか？
波多野　僕は彼のことをよく知らないんです。大して参考にはならないと思いますよ。
津田　僕はそうは思わないな。

波多野　どういう意味です。

津田　あの時、ずいぶん派手な喧嘩をしてたじゃないですか。

波多野　あれは、喧嘩なんて呼べるほどのものじゃない。彼もすぐにわかってくれたし。

津田　高杉が事故を起こしたのは、三日前の夕方。喧嘩が終わってから、五、六時間後なんですよ。つまり、高杉はスタジオから真っ直ぐに奥多摩へ向かったんです。そして、車ごと崖下に転落した。

波多野　(手話をしながら)姉さん、先に行っててくれないか?

雪絵　(手話をしながら)〈どうして?〉

波多野　(手話をしながら)僕もすぐに行くから、心配しないで。

雪絵　(手話をしながら)〈私がいたら、まずいの?〉

波多野　(手話をしながら)そうじゃなくて、僕はただ――

津田　波多野さん、高杉はなぜ死のうとしたんでしょう?

波多野　僕は事故って聞きましたけど。

津田　確かに、警察は事故って発表しました。新聞によっては、自殺って書いた所もあったけど、高杉本人が否定しましたからね。

波多野　スピードでも出しすぎたんじゃないですか?

津田　現場は見通しのいい直線コースです。いくらスピードを出したって、ハンドルを切らなければ、転落なんかしない。

波多野　だったら、居眠り運転でもしたんでしょう。

津田　いいえ、高杉は死のうとしたんです。おそらく、あなたのせいで。

波多野　一体何の証拠があって。

津田　残念ながら、証拠は何もありません。しかし、あの喧嘩が終わった後、僕は高杉を追いかけたんです。話しかけても、何も答えてくれませんでしたがね。あの時の高杉の目は、今でも忘れられません。

波多野　僕は何もしていない。

津田　本当ですか？

波多野　僕は何もしていない。

雪絵　（波多野の手をつかんで）〈祥也〉

津田　……そうですね。あなたは何もしていない。

波多野　話はそれだけですか？

津田　ええ。お時間を取らせて、すいませんでした。

津田が去る。

雪絵　（手話をしながら）〈あの人、どうしたの?〉

波多野　（手話をしながら）僕の話を信じてくれたんだ。だから、もう心配ないよ。

雪絵　（手話をしながら）〈ねえ、祥也。私に本当のことを言って〉

そこへ、滝島・チカコ・勝本がやってくる。チカコは傘を持っている。

滝島　波多野さん、あなたも高杉君のお見舞いに？
波多野　ええ。僕だって、彼と一緒に仕事をしている仲間ですからね。
チカコ　私はあんな人、仲間だなんて思ってない。
滝島　こら。怪我をした人のことを、そんなふうに言うもんじゃない。
チカコ　どうして？　滝島さんだって、「迷惑ばっかりかけやがって、高杉のバカ」って思ってるくせに。
滝島　やかましい。雪絵さん、今日はまた一段とお美しい。まるで、雨に濡れた一輪の薔薇のようです。
雪絵　（手話をしながら）〈もう一度言ってください〉
滝島　はいはい、今、書きますからね。（ポケットからメモ帳とペンを取り出す）
勝本　（手話をしながら）雪絵さん、今日はまた一段とお美しい。まるで、雨に濡れた一輪の薔薇のようです。
雪絵　（手話をしながら）〈お世辞でも、うれしいです〉
滝島　勝本、今のは何だ。
勝本　手話です。雪絵さんと話がしたくて、本を読んで、勉強したんです。
滝島　頼む。俺にも教えてくれ。
波多野　滝島さんたちはもうお帰りですか？

滝島　いや、高杉君の病室へ行ったら、奥さん一人だったんですよ。奥さんが「庭でも散歩してるんでしょう」って言うから、探しに来たんですが。

そこへ、高杉がやってくる。松葉杖をついている。

勝本　高杉さん、一人で歩き回ったりして、大丈夫なんですか？
高杉　病室の中でジッとしてると、息が詰まるんだ。だから、庭を歩いてきた。
チカコ　本当は煙草を吸ってきたくせに。
高杉　何だと？
滝島　思ったより、元気そうだな。怪我の方は、右足だけで済んだの？
高杉　昨日、脳波の検査をしたけど、特に異常はありませんでした。
滝島　じゃ、一回目の録りには来られる？
高杉　来週の月曜からでしたよね？　それまでには、何とか退院できると思います。
波多野　（滝島に）僕は日曜にニューヨークへ帰るんです。歌のレッスンはナシってことにした方がいいみたいですね。
滝島　申し訳ありませんけど、そうしてもらえますか。
波多野　曲の方は、僕に任せてくれますね？
滝島　それはもちろん。高杉君には死ぬほど練習してもらいますから。ね、高杉君？
高杉　いいですよ。練習するほどの価値がある曲なら。

波多野　君に気に入ってもらえるように、努力するよ。姉さん。
雪絵　（高杉にケーキの箱を差し出す）
波多野　（高杉に）口に合うかどうかわからないけど、食べてくれ。ケーキだ。
高杉　（ケーキの箱を無視して）勝本、おまえ、ケーキは好きか？
滝島　高杉君、他人の好意は素直に受け取った方がいいんじゃないかな。
高杉　悪いけど、俺は甘い物が苦手なんです。勝本、おまえがかわりに食ってくれ。
勝本　え？　でも……。
高杉　俺がやるって言ってるんだ。気にするな。
勝本　じゃ、ありがたくいただきます。（雪絵からケーキの箱を受け取る）
波多野　（高杉に）なぜ僕と口をきこうとしない。この前のことを、まだ根に持ってるのか？
高杉　（滝島に）じゃ、俺は部屋へ戻ります。
波多野　なぜ僕と目を合わせようとしない。
高杉　滝島さん、波多野さんに伝えてください。俺は、もう怪我をするのは御免だって。

高杉が去る。

チカコ　あの人、自分が事故を起こしたのは、波多野さんのせいだと思ってるみたい。
滝島　なんて勝手なヤツだ。波多野さん、気を悪くしないでくださいね。
勝本　俺の知ってる高杉さんは、あんな人じゃありません。相手が波多野さんだと、ついムキに

滝島　なっちゃうんですよ。親友の仇だと思い込んでるから。
波多野　バカバカしい。それだって、あいつの勝手な空想じゃないか。
雪絵　じゃ、僕らはこれで失礼します。姉さん。
（滝島にお辞儀する）

波多野と雪絵が歩き出す。と、ユーリと幸吉がやってくる。幸吉は傘を持っている。

チカコ　あ、ユーリちゃん。
波多野　（ユーリに）こんな所で会えるとは思わなかったよ。そちらは、例の幸吉君？
ユーリ　（幸吉の手をつかむ）
波多野　ずいぶん仲がいいじゃないか。お幸せに。姉さん。
雪絵　（ユーリにお辞儀する）

波多野と雪絵が去る。

滝島　勝本、君原は風邪で寝込んでるんじゃなかったのか？
勝本　ええ。昨日の朝、君原の代理って人から電話があって。
幸吉　それは僕です。ユーリが中学の時、家庭教師をやっていた、北村と言います。
滝島　（ユーリに）風邪で寝込んでるヤツが、どうしてこんな所にいるんだ。しかも、男と。

幸吉　昨日までは熱が四十度あったんですが、やっと下がりまして。
滝島　嘘だ。（ユーリに）おまえは波多野さんのレッスンがイヤで、仮病を使ったんだ。そして、この男と遊び回ってたんだ。
チカコ　チカちゃんもそう思うだろう？
勝本　思わない。ユーリちゃんは本当に病気なのよ。
幸吉　君原、どうしてさっきから黙ってるんだ？
勝本　熱は下がったけど、まだ声がガラガラなんです。
幸吉　（ユーリに）おまえの声がガラガラになったら、ますます波多野さんに似てくるな。
勝本　波多野さんの声って、ユーリに似てるんですか？
滝島　ええ。大声を出すと、そっくりになるんです。
（ユーリに）君原、一回目の録りまで、あと三日しかないんだぞ。それまでには治せるんだろうな？
幸吉　治せなかったら、どうなるんですか？
滝島　かわいそうだが、役を降りてもらう。（ユーリに）ユースチスは、オーディションでおまえの次によかったヤツにやらせる。文句はないな？
ユーリ　（うなずく）
滝島　ユースチスがやりたかったら、一日でも早く治すんだ。彼氏なんかと遊んでないで。
幸吉　僕は彼氏じゃありません。友人です。
滝島　ごまかしても無駄だ。おまえらはできてる。なぜなら、おまえらは二人で来たのに、一本しか傘を持ってない。それは、ここまで相合い傘で来たからだ。

勝本　滝島さん、そろそろスタジオへ戻らないと。
滝島　オーケイオーケイ。（ユーリに）高杉の病室は四階だ。かなり機嫌が悪いから、気を付けた方がいいぞ。じゃあな。

滝島と勝本が去る。

チカコ　（幸吉に）滝島さんの目はごまかせても、私の目はごまかせない。
幸吉　何のことかな。
チカコ　ユーリちゃん、頑張ってね。

チカコが去る。

幸吉　腹の立つガキだな。人の心を見透かしたようなこと言いやがって。

そこへ、津田がやってくる。

津田　あれ、幸吉じゃないか。こんな所で何をしてるんだ?
幸吉　高杉雄二のお見舞いだ。ユーリがテレビアニメで一緒に仕事をしてるんで。
津田　そうかそうか。（ユーリに）この前は、協力してくれてありがとう。

ユーリ　（お辞儀する）
津田　（幸吉に）どうしたんだ、彼女？
幸吉　風邪をこじらせて、声が出なくなったんだ。おまえの方は取材か？
津田　ああ。目的はおまえと同じ、高杉だ。今、病室に行ってきたんだけど、奥さん一人しかいなかった。
幸吉　例の事故のことを聞きに来たのか？
津田　違う違う。高杉のヤツ、また新しい女を作ったんだ。しかも、二人も。
幸吉　相手は双子か？
津田　違う違う。一人はモデル、一人は女子大生だ。新婚のくせに、大した男だよ。
幸吉　そんな男がどうして自殺なんかしようとしたのかな。
津田　バカ。高杉が自殺なんかするもんか。警察の発表通り、単なる事故だ。
ユーリ　（ペンでメモ帳に書く）
幸吉　どうした、ユーリ？（メモを読んで）「あの時、津田さんは聞きませんでしたか」
津田　何を？
ユーリ　（ペンでメモ帳に書く）
幸吉　（メモを読んで）「波多野さんの声」
津田　声って何の声だ？
ユーリ　（ペンでメモ帳に書く）
幸吉　（メモを読んで）「高杉さんに、死んでしまえって」

津田　待て待て。波多野はそんなこと言ってないぞ。
ユーリ　（ペンでメモ帳に書く）
幸吉　（メモを読んで）「私は聞きました」
津田　何かの聞き間違いだろう。それに、もし波多野がそう言ったとしても、高杉が素直に従うと思うか？
幸吉　ユーリは、波多野さんが高杉を殺そうとしたって言いたいのか？
ユーリ　（うなずく）
津田　バカバカしい。波多野にそんなことができるわけないだろう。あいつはただの作曲家だ。催眠術師じゃないんだぞ。
ユーリ　〈でも〉
津田　波多野は何もしてない。何もしてないんだよ。じゃ、俺は高杉を探してくる。

津田が去る。

幸吉　（ユーリに）俺たちも行こうか。
ユーリ　（ペンでメモ帳に書く）
幸吉　（メモを読んで）「私の書くこと、信じてくれる？」。信じるさ。ユーリが俺を信じて書いてくれることなら。
ユーリ　（ペンでメモ帳に書く）

幸吉　（メモを読んで）「でも、幸吉君は笑うかもしれない」。そんなの、書いてみなくちゃ、わからないじゃないか。

聖セシリア病院の廊下。
高杉がやってくる。後を追って、津田がやってくる。

津田　高杉さん、ちょっといいですか？
高杉　またあんたか。事故のことなら、何も話すことはないよ。
津田　それはもういいんです。どうせ居眠り運転でもしてたんでしょう？
高杉　じゃ、何を聞きに来たんだ。
津田　高杉さんが最近親しくしてる、モデルさんと女子大生さんについて。
高杉　話してやるかわりに、頼みがあるんだけどな。
津田　頼みって？
高杉　熊岡恭太郎の死について、調べてほしいんだ。俺は三日前まで、自殺だと思っていた。が、今ではそれが間違いだと思ってる。熊岡は殺されたんだ。
津田　何ですって？

高杉と津田が去る。
聖セシリア病院の玄関。

幸吉　それじゃ、一昨日の電話は、波多野さんのことだったんだな？

ユーリ　（うなずく）

幸吉　波多野さんは、口では「放せ」と言いながら、もう一つの声では「死んでしまえ」と言った。そのもう一つの声が、ユーリだけには聞こえたのか。

ユーリ　（うなずく）

幸吉　高杉は、その言葉通りに死のうとした。つまり、波多野さんの二つ目の声には、人の心を操る能力があるってことか。

ユーリ　〈信じてくれる？〉

幸吉　信じるさ。ユーリの耳には、確かに二つ目の声が聞こえたんだ。

ユーリ　〈ありがとう！〉

幸吉　でも、それは聞こえた気がしただけのことだったんだ。

ユーリ　〈どういうこと？〉

幸吉　いいか、ユーリ。人間には一つしか口がない。二つ目の声は、波多野さんの声に似ていたかもしれないけど、別の人間の声だったんだ。

ユーリ　〈誰の声？〉

幸吉　その時、スタジオには六人の人間がいた。その中に一人だけ、波多野さんに似た声を出す人間がいる。

ユーリ　〈まさか〉

幸吉　そうだ。二つ目の声は、ユーリの声だったんだ。
ユーリ　〈そんなはずない〉
幸吉　あの時、ユーリは高杉の態度に腹を立てていた。それを我慢している波多野さんを立派だと思っていた。ユーリはいつの間にか、波多野さんに感情移入していたんだ。だから、波多野さんが「放せ」って言った時、ユーリは心の中でこう思ったんだ。高杉なんか死んでしまえって。もしかしたら、実際に声に出したかもしれない。その声は、波多野さんの声にそっくりだった。だから、それを波多野さんの声だと思ってしまったんだ。
ユーリ　(ペンでメモ帳に書く)
幸吉　(メモを読んで)「あれはあの人の声。間違いない」。ユーリがそう思い込んでるだけさ。波多野さんは何もしてないんだ。
ユーリ　(ペンでメモ帳に書く)
幸吉　(メモを読んで)「私の声を奪った」。やっぱりそうか。一昨日の晩、ホテルで波多野さんに会った時も、二つ目の声が聞こえたんだな?
ユーリ　(ペンでメモ帳に書く)
幸吉　(メモを読んで)「一つ目の声が、二重になって聞こえた」。それはつまり、ユーリも波多野さんと同じことを言ってたんだよ。
ユーリ　(ペンでメモ帳に書く)
幸吉　(メモを読んで)「あれが私の声なら、私の声を出せなくしたのは私ってことになる」。そうだよ。ユーリは自分の声が嫌いじゃないか。だから、歌を諦めて、声優になろうとしたん

ユーリ　だろう？　オーディションに合格して、ユーリはプロの声優になった。でも、いきなり重い役で、不安で堪らなかった。その不安が、ユーリに声を出すなって命令したんだ。
幸吉　（ペンでメモ帳に書く）
ユーリ　（メモを読んで）「私はあんなこと言わない」。あんなことってどんなことだよ。ユーリは波多野さんになんて言われたんだよ。
幸吉　（うつむく）
ユーリ　どうして答えないんだ。いくら信じてくれって言われてたって、隠し事をされたら、信じられるわけないだろう？
幸吉　（ペンでメモ帳に書く）
ユーリ　（メモを読んで）「君が声を出さなければ、彼は君を愛してくれる」。ユーリ、その彼っていうのは……。

ユーリが幸吉を見つめる。ユーリが走り去る。

幸吉　そうか。ユーリは俺のために……。

幸吉が去る。

8

広瀬教授がやってくる。机の上からノートを取り上げる。

広瀬教授 五日目、病院を飛び出した君原さんは、雨の中を一人で歩き続けました。どこをどう歩いたのか、自分でも覚えていないそうです。その頃、僕は彼女からの電話をひたすら待っていました。しかし、なかなかかかってこない。そして、六日目。また今日もダメかと諦めかけた時。

六日目、広瀬教授の研究室。
机の上の電話が鳴る。広瀬教授が受話器を取る。

広瀬教授 君原さんですか？　君原さんでしょう？　……なんだ、ジョディか。ごめんごめん。患者からかかってきたのかと思っちゃってさ。……バカだな。浮気なんかしてないよ。君原っていうのは、声優の女の子でね。精神的なショックで、声が。……だから、本当に患者だって。僕が君以外の女に興味を持つわけないだろう？　……え？　今、言うのかい？　それはちょっと。……わかったわかった。言うから、もう泣かないで。……アイ・ラヴ・ユー、ジョディ。これでいいかい？　……よしよし。で、用事は？　……いや、まだ帰れないよ。今言った、君原って患者から電話があるかもしれないんだ。

別の場所に、ユーリがやってくる。電話をかける。

広瀬教授　台風が来るのは、夜だろう？　雨だって、まだそんなに強くないし。……一人じゃ淋しい？　ねえ、ジョディ。僕らは結婚して、もう六年になるんだよ。あ、ちょっと待って。他から電話がかかってきた。（ボタンを押して）はい、広瀬です。

ユーリ　（電話を八回と二回叩く）

広瀬教授　君原さんですね？　そろそろかかってくる頃だと思ってました。今、家にいるんですか？　イエスなら一回、ノーなら二回叩いてください。

ユーリ　（電話を二回叩く）

広瀬教授　今朝の九時頃だったかな。幸吉君から電話があったんです。そちらにユーリは行ってませんかって。彼は昨夜から、あなたのことを探してたんです。あなたのアパートへ行ったり、声優学校へ行ったり。あなたのことを、凄く心配してましたよ。で、今、どこにいるんです。

ユーリ　（電話を三回と五回叩く）

広瀬教授　ソ。

ユーリ　（電話を四回と五回叩く）

広瀬教授　ト。外って、どこの外です。ああ、じれったい。とにかく、すぐに僕の所へ来てください。僕はあなたと話がしたいんです。あなただって、僕と話がしたいから、電話してきたんでしょう？

ユーリ　（電話を一回叩く）

広瀬教授　波多野さんのこと、幸吉君から聞きました。幸吉君は、あなたの言うことがすべて事実とは考えられないかと言いました。波多野さんに特殊な能力があるとしたら、それはどんなものなのか。医者としての意見を聞かせてほしいって。

ユーリ　〈幸吉君が？〉

広瀬教授　僕は医者だから、精神感応力なんてものは信じない。そう答えたら、他に考えられる能力はないかって。で、仕方なく考えてみたら、一つだけ見つかりました。それがどんなものなのか、聞いてみたいとは思いませんか？

ユーリ　（電話を一回叩く）

広瀬教授　それじゃ、今すぐ来てください。僕の研究室へ。

ユーリが去る。

広瀬教授　（ボタンを押して）ごめん、ジョディ。例の君原って子からだったんだ。……だから、浮気なんかしてないって。何度言えばわかるんだ。……え？　もう一回言えって言うのか？

もう勘弁してくれよ。……別にイヤがってるわけじゃないさ。ただ、誰かに聞かれたら、恥ずかしいだろう？　……おい、ジョディ！　ジョディってば！

そこへ、ユーリがやってくる。

広瀬教授　（振り返って）おや？
ユーリ　（お辞儀する）
広瀬教授　ずいぶん早かったですね。雨に濡れたんじゃないですか？　今、コーヒーを入れてきますから。
ユーリ　（首を横に振る）
広瀬教授　その顔は、早く話を聞かせろって顔ですね？　じゃ、聞かせてあげましょう。僕がジョディと初めて会ったのは。
ユーリ　（両手を大きく振る）
広瀬教授　すいません。ジョディっていうのは、僕の家内なんです。ついさっきまで、電話で話してたから、気になっちゃって。で、何の話でしたっけ？
ユーリ　（喉を指さす）
広瀬教授　そうそう。あなたの声が出なくなった原因についてでしたね。その前に、医者として、一言だけ言わせてください。
ユーリ　（うなずく）

広瀬教授　常識的に考えれば、あなたの声を出せなくしたのは、やはりあなた自身です。あなたが聞いた二つ目の声は、あなた自身の声なんです。まあ、この意見は幸吉君から聞いたと思いますが。

ユーリ　（うなずく）

広瀬教授　僕はこの考えを九十九パーセント信じています。もちろん、幸吉君にもそう言いました。が、彼は残りの一パーセントについても考えておきたいって言うんです。

ユーリ　〈一パーセント?〉

広瀬教授　彼は、あなたを信じてみたいんだそうです。あなたの声が出なくなってから、彼はあなたの言うことを一言も信じなかった。口では、どんなことでも信じるって言ったくせに。そして、知らず知らずのうちに、あなたを苦しめてしまった。だから、今度は、信じるところから始めたいって。

ユーリ　〈幸吉君……〉

広瀬教授　あなたの言うことがすべて事実だとしたら、波多野さんにはきわめて特殊な能力があることになる。口から出した声とは別の、もう一つの声で、他人の心を操る能力。本当にそんな能力が存在するのか。それを確かめるために、もう少し身近な所から考えてみましょう。

ユーリ　（うなずく）

広瀬教授　母親が夕食の支度をしているとします。そこへ子供がやってきて、茶簞笥の中からカッパえびせんを取り出し、「これ、食べていい?」と聞く。母親は、すぐに夕食ができるから、食べてほしくない。が、その子にはいつも、「食事の前にお菓子を食べちゃダメよ」と言ってるので、いい加減、自分でわかってもらいたい。そこで、少しきつい目をして、「いいわよ」と答える。さあ、子供はカッパえびせんを食べるでしょうか。

広瀬教授　（首を横に振る）

ユーリ　そうです。子供には、母親の気持ちがわかる。母親は、口では「いいわよ」と言いながら、心の中では「ダメよ」と言っている。つまり、母親は二つの気持ちを同時に伝えているんです。

広瀬教授　（うなずく）

ユーリ　今度は、母親が違うことを言ったとします。「さっき、うまか棒を食べたばっかりでしょう。まだおなかが空いてないんじゃない？」。さあ、子供はカッパえびせんを食べるでしょうか。

広瀬教授　（首を横に振る）

ユーリ　ええ、食べないでしょう。でも、それはなぜです。

広瀬教授　〈それは……〉

ユーリ　理由はいろいろ考えられます。が、重要なのは、「まだおなかが空いてないんじゃない？」という言葉です。この言葉を聞いて、子供が「そう言えば、あんまり空いてないな」と思ったとしたら？　母親はこの言葉の裏側で暗示をかけたんです。「おまえはおなかが空いてない」って。

広瀬教授　〈それじゃ〉

ユーリ　あなたにもわかったようですね。波多野さんは、一つの声に、二つの気持ちをこめているんです。そして、二つ目の気持ちで、相手に暗示をかけているんです。きわめて強力な暗示を。

ユーリ　（ペンでメモ帳に書く）

広瀬教授　（メモを読んで）「なぜ私にはそれが声として聞こえたんですか」。それは、あなたの声が波多野さんに似ていたからです。あなたには、波多野さんの声の変化が、誰よりもわかる。自分が声を出している気持ちになれば、二つ目の気持ちもはっきりわかる。まるで、二つ目の声のように。

ユーリ　〈そうか、それが二つ目の声の正体なんだ！〉

広瀬教授　しかし、それを証明するのは非常に難しい。あなた以外の人には聞こえないんですからね。幸吉君は、自分にも聞こえるかどうか、試してみると言いました。彼は今、東京映像のスタジオにいます。波多野さんが出演したテレビ番組のＶＴＲを見るために。

広瀬教授が傘を持つ。ユーリと広瀬教授が去る。

9

東京映像の会議室。

幸吉と滝島がやってくる。滝島は缶コーヒーを二本持っている。

滝島 (缶コーヒーを差し出して) ほら、これでも飲んで、少し休め。

幸吉 でも……。

滝島 何回見たって、答えは同じだ。もう一度、冷静になって考えないと。

幸吉 (受け取って) すいません。

滝島 君は、実際に波多野さんと話したことはないよな?

幸吉 ええ。

滝島 俺は、今度の仕事で初めて話した。予想と違って、実に気取りのない人だった。ああ見えて、結構苦労してきてるらしい。

幸吉 苦労って?

滝島 あの人のご両親は、あの人が子供の頃に亡くなったそうだ。だから、雪絵さんの面倒は、あの人が一人で見てきたんだ。高校を卒業して、ニューヨークへ留学する時も、一緒に連

幸吉　れていったらしい。
滝島　お姉さんと二人で留学したんですか？
　昼間は大学へ通って、夜は二人分の生活費を稼ぐ。それだけの苦労をしたからこそ、ニューヨークで成功することができたんだ。
幸吉　他人の心が操れれば、成功するのは簡単ですよ。
滝島　あの人には才能がある。君は、あの人の音楽を聞いてないから、そんなことが言えるんだ。
幸吉　波多野が出演した番組は、今の二本だけですか？
滝島　間違いない。『ミッコにおまかせ』と『スタジオパークからアロハ』だけだ。
幸吉　やっぱり、僕らには聞こえないのかな。
滝島　そうじゃない。波多野さんは、二つ目の声なんて出してないんだ。君原が言ったことは、全部嘘だったんだよ。
幸吉　違います。
滝島　どうしてそこまで君原の肩を持つんだ。おまえら、やっぱり……。
幸吉　できてるって言いたいんですか？　あなたって人は、どうしてそういうことしか考えないんです。
滝島　色恋とギャンブル、この二つが俺の生き甲斐だからだ。

そこへ、ユーリと広瀬教授がやってくる。広瀬教授は傘を持っている。

広瀬教授　幸吉君、君原さんを連れてきましたよ。
幸吉　ユーリ！
滝島　君原、おまえ、今までどうして黙ってたんだ。声が出なくなった時点で、どうして俺に報告しなかったんだ。
ユーリ　（頭を下げる）
滝島　試しに「アー」って言ってみろ、「アー」って。
幸吉　滝島さん、無理ですよ。
滝島　（ユーリに）声なんてものは気合で出すんだ。ほら、痴漢に襲われたと思って、「アー！」って叫んでみろ。
広瀬教授　アー！
滝島　誰があんたに叫べって言った。
広瀬教授　僕は医者です。医者には自分の患者を守る義務がある。
幸吉　滝島さん、紹介します。こちらは東大病院の広瀬教授です。（広瀬教授に）こちらは東京映像の滝島ディレクター。
広瀬教授　（滝島に右手を差し出して）広瀬です。初めまして。
滝島　（広瀬教授の右手を強く握って）滝島です。あなたとは、うまくやっていけそうにない。
広瀬教授　（滝島の右手を強く握り返して）同感です。
幸吉　まあまあ、二人とも、仲良くしましょう。
広瀬教授　それで、VTRの方はどうでしたか。やっぱり聞こえませんでしたか。

幸吉　さっきから何度も見てるんですが。でも、ユーリが見れば、何か聞き取れるかもしれません。

広瀬教授　しかし、それでは何の証拠にもならない。君原さん以外の人が、二つ目の声の存在を認めないと。

幸吉　そう思って、チカちゃんて子も呼んであるんです。

広瀬教授　チカちゃん？

滝島　本名は阿部知香子。中学三年の女の子です。プロの声優なんですが、実に変わった子でしてね。他人の気持ちを読むのがうまいんです。

広瀬教授　その子は、他人の心を操ることができるんですか？

滝島　それはさすがに無理でしょう。僕は彼女と五年も付き合ってますが、操られたことは一度もない。

幸吉　でも、彼女なら、波多野の気持ちが読めるかもしれない。ひょっとしたら、二つ目の声を聞き取ることだって。

広瀬教授　しかし、問題はＶＴＲの中身でしょう。そこで、波多野さんが二つ目の声を出してなかったら。

幸吉　そうか。そんなものを見ても、何の意味もないか……。

ユーリ　（ペンでメモ帳に書く）

幸吉　どうした、ユーリ？（メモを読んで）「ＶＴＲじゃないと、ダメですか？」

滝島　（ユーリに）どういう意味だ？

ユーリ　（ペンでメモ帳に書く）
幸吉　（メモを読んで）「あの時、津田さんが」。津田って、津田長介のことか？
滝島　長介なら、俺も知ってるぞ。君原の叔父さんだ。
幸吉　違いますよ。僕の会社の同僚です。
滝島　何言ってるんだ。（ユーリに）あの時、紹介してくれたんだよな？　ほら、波多野さんと高杉が喧嘩した時。
ユーリ　（ペンでメモ帳に書く）
幸吉　（メモを読んで）「あの時、津田さんがテープを録音してました」。本当か、ユーリ？
ユーリ　（うなずく）
広瀬教授　何のために、そんなことを。
幸吉　たぶん、高杉にインタビューするつもりだったんでしょう。いや、あいつのことだから、隠し録りでもしようと思ったのかも。
滝島　なぜ君原の叔父さんが隠し録りなんかするんだ？
幸吉　（広瀬教授に）声だけでも大丈夫ですよね？
広瀬教授　もちろんです。すぐにテープを取り寄せて、みんなで聞いてみましょう。
幸吉　とりあえず、津田に電話してみます。

幸吉が電話をかける。そこへ、チカコと勝本がやってくる。チカコは傘を持っている。

勝本　チカちゃんを連れてきました。
チカコ　滝島さん、録りは来週からじゃなかったの？
滝島　悪かったな、いきなり呼びつけちゃって。
チカコ　あ、ユーリちゃん、声は出せるようになった？
ユーリ　（首を横に振る）
勝本　（チカコに）あれ、どうして知ってるんだ、君原が声を出せなくなったこと。
チカコ　イヤだ。昨日、病院で会ったじゃない。
勝本　あの時、幸吉君は声がガラガラになったって言ったんだ。声が出なくなったとは言ってない。
チカコ　勘よ。私はとっても勘がいいの。
広瀬教授　本当に勘ですか？
チカコ　誰よ、あなた。
広瀬教授　初めまして。友里の兄です。
チカコ　嘘ばっかり。
広瀬教授　どうして嘘だとわかりました？
チカコ　だって、顔が全然似てないもん。
広瀬教授　本当にそれだけですか？　僕の声を聞いて、心を読んだんじゃないんですか？
チカコ　滝島さん、このおじさん、誰？
広瀬教授　僕の前で、お芝居はしなくていい。君はもう、僕が何者かわかってるはずだ。僕は君を責めるためにここへ来たんじゃない。君原さんの声を取り戻すには、君の協力が必要なんだ。

チカコ　ユーリちゃん、本当？

ユーリ　（うなずく）

チカコ　わかった。ユーリちゃんを助けるためなら、協力する。

滝島　それじゃ、やっぱりチカちゃんは他人の心が読めるのか？

チカコ　滝島さん、「このガキ、今まで騙しやがって」って思ったでしょう？

滝島　まさか。どうして俺がそんなことを。

チカコ　今度は、「ギョエーー！　こいつ本当に読みやがった」って。

勝本　さすがに「ギョエーー！」はないんじゃないか？

滝島　いや、悔しいけど、確かに「ギョエーー！」って思った。

広瀬教授　（チカコに）君はどうやって相手の心を読むんだ？

チカコ　読もうとしなくたって、声に気持ちが出るのよ。

広瀬教授　しかし、僕と会うのは、今日が初めてだ。僕の声を聞いたのも。

チカコ　一回聞けば充分よ。後は、その人の気持ちになって考えればいいの。

広瀬教授　それじゃ、相手に何かさせたい時は？

チカコ　同じよ。その人の気持ちになって、頼めばいいの。たとえば、アイスを買ってきてほしい時。そういう時は、「アイスを買ってきて」って言いながら、「おまえはチカちゃんにアイスを買ってきたい」って思うの。

滝島　それじゃ、俺が今までチカちゃんにご馳走してきたのは？

勝本　滝島さんは単純だから、操るのが簡単なんですよ。
チカコ　勝本君はもっと簡単よ。
勝本　悔しい！
広瀬教授　僕が思った通りだ。君原さん、一パーセントが九十九パーセントに勝ちましたよ。
ユーリ　（うなずく）
幸吉　（受話器を押さえて）津田がつかまりました。今、例のテープを探してくれてます。
広瀬教授　（チカコに）君に来てもらったのは、あるテープを聞いてほしいからだ。その中には、君と同じ能力を持った人の声が入っている。その人が二つ目の声で何て言ってるか、僕らに教えてほしいんだ。

別の場所に、津田がやってくる。受話器とテープレコーダーを持っている。

津田　あったあった。同じテープを何度も使うから、どこに入れたか、わからなくなっちゃって。
幸吉　今、そこでかけてくれるか？
津田　別にいいけど、このテープに何の意味があるんだ？
幸吉　理由は後で説明する。だから、頼む。
津田　わかったわかった。途中からでもいいかな？
幸吉　いいから、早く。チカちゃん。（受話器を差し出す）
チカコ　（受話器を受け取って、耳に当てる）

津田　よし、かけるぞ。

津田がボタンを押す。別の場所に、波多野・雪絵・高杉がやってくる。

高杉　お姉さん、あんたはどう思う。
波多野　やめろ。
高杉　（雪絵に）熊岡はなぜクビになったんだ。なぜホテルの窓から飛び降りたんだ。
波多野　姉に話しかけるな。
高杉　おまえには関係ないだろう。（雪絵に）あんたの弟は何をしたんだ。あんたなら知ってるだろう。
雪絵　（手話をしながら）〈熊岡さんは本当に自殺したんですか？〉
高杉　（雪絵の手をつかんで）え？　今、なんて言ったんだ？
波多野　（高杉の手をつかんで）放せ。
高杉　（波多野を突き飛ばして）邪魔するなよ。俺は彼女と話をしてるんだ。
波多野　姉は話なんかしてない。
高杉　今、口を動かしただろう。（雪絵の手をつかんで）もう一度動かしてみろ。さあ、早く。
雪絵　（高杉の手を振り払う）
高杉　（雪絵の手をつかんで）口を動かせ。早く！
波多野　高杉、その手を放せ。

高杉　うるせえな。おまえは黙ってろ！
波多野　放せ！

と同時に、もう一つの声が聞こえる。「死んでしまえ！」

チカコ　聞こえた。
滝島　二つ目の声が聞こえたのか？
広瀬教授　（チカコに）波多野さんは、なんて言ってましたか？
チカコ　死んでしまえ。死んでしまえって。
幸吉　ユーリ！
ユーリ　（うなずく）

波多野・雪絵・高杉が去る。津田も去る。

10

広瀬教授 こうして、二つ目の声は証明されました。波多野さんはこの声を使って、高杉さんに怪我を負わせ、君原さんから声を奪ったのです。声によって、他人の心を操る能力。テレパシーが精神感応力なら、この場合は音声感応力ということになるでしょうか。

東京映像の会議室。
ユーリ・幸吉・滝島・勝本・チカコが話し合いをしている。

広瀬教授 しかし、問題はこれからでした。どうすれば、君原さんの声が取り戻せるのか。彼女の声を出せなくしているのは、彼女自身です。最初に暗示をかけたのは波多野さんですが、今では彼女も潜在意識で「出したくない」と思っている。「私が声を出さなければ、彼は私を愛してくれる」と。一時間近く話し合って、僕らは賭けに出ることにしました。それは、雪絵さんに協力を頼むという方法でした。その夜、波多野さんは上野の文化会館へバレエを見に行っているはずでした。もちろん、雪絵さんも一緒に。そこで、僕らは二手に分かれることにしました。幸吉君と滝島さんは文化会館へ行って、雪絵さん一人を先に帰す。

僕と君原さんはホテルへ行って、雪絵さんの帰りを待つ。

幸吉と滝島が去る。

広瀬教授　（ユーリに）それじゃ、僕らも行きましょうか。
チカコ　私も行く。
広瀬教授　バカなことを言うな。君はさっさと家へ帰るんだ。
チカコ　でも、私がいると、便利だと思うよ。雪絵さんと話してる所へ、波多野さんが来たりしたら。
広瀬教授　君はまだ中学生だろう。早く帰らないと、お父さんが――
チカコ　行っていいでしょう、おじさん？
広瀬教授　いいともいいとも。じゃ、今日は奮発して、タクシーに乗っちゃおう。もちろん、おじさんのおごりだよ。

ユーリ・チカコ・広瀬教授が去る。

勝本　で、俺はどうすればいいのかな。よし、まずは腹ごしらえだ。

勝本が去る。

文化会館のロビー。

波多野がやってくる。傘を持っている。電話をかける。そこへ、幸吉と滝島がやってくる。幸吉は傘を持っている。物陰に隠れて、波多野の様子を伺う。

幸吉　波多野のヤツ、どこへかけてるんでしょうね？

滝島　さあな。そんなことより、雪絵さんは見つかったか？

幸吉　いいえ。一応、女子トイレも覗いてみたんですが。

滝島　とすると、波多野さんは一人で来たのかもしれないな。

幸吉　じゃ、ユーリは今頃、ホテルで雪絵さんと？

滝島　ああ。しかし、心配なのは雪絵さんの反応だ。「あなたの弟に声を奪われた」って言われて、すぐに信じるかどうか。

幸吉　大丈夫ですよ。終演まで、まだ一時間もあるし。そう言えば、波多野のヤツ、途中で帰ったりしないでしょうね？

滝島　その可能性はあるな。雨も風も、かなりひどくなってきてるし。

幸吉　その時はお願いしますよ。

滝島　何を。

幸吉　波多野を食い止めるんですよ。「やあ、こんな所で何をしてるんですか」とか何とか言って、食事に誘ってください。

滝島　おまえはアホか。波多野さんは相手の心が読めるんだぞ。俺の下心なんか、お見通しだ。

幸吉　そうか。
滝島　波多野さんを食い止めるのは、おまえの役目だ。おまえは波多野さんに声を聞かれてないんだから。
幸吉　でも、声を出さずに、どうやって食い止めるんです。
滝島　たとえば、抱き締めて放さないとか。
幸吉　お願いですから、もう少しマシな方法を考えてください。
滝島　波多野さんが中に戻るぞ。俺たちも行こう。

波多野が去る。後を追って、幸吉と滝島も去る。
プリンセスホテルのロビー。
ユーリ・チカコ・広瀬教授がやってくる。チカコと広瀬教授は傘を持っている。

広瀬教授　タクシーのラジオ、聞いてましたか？　いよいよ台風が来たようです。たった今、相模湾に上陸して、三時間後に東京を直撃ですって。まいったな。
チカコ　へえ。おじさん、台風が好きなんだ。
広瀬教授　君はどうだ。台風は嫌いか？
チカコ　大嫌い。さっきだって、風に吹き飛ばされそうになったし。
広瀬教授　それは僕も同じだ。君原さん、僕はフロントへ行ってきます。この天気だと、バレエには行ってない可能性もある。部屋にいるかどうか、確かめてきます。

広瀬教授が去る。ユーリが周囲を見回す。

チカコ　どうしたの？　緊張してるの？

ユーリ　（首を横に振る）

チカコ　心配しなくても大丈夫よ。幸吉君はきっとうまくやってくれる。そのうち、雪絵さん一人で帰ってくるわよ。

ユーリ　（うなずく）

そこへ、広瀬教授が戻ってくる。

広瀬教授　君原さん、ベリーグッドニュースですよ。雪絵さんは部屋にいました。

チカコ　本当に？

広瀬教授　昨夜から風邪気味で、バレエには行かなかったんです。行ったのは、波多野さん一人。つまり、部屋にいるのは雪絵さんだけなんです。

チカコ　部屋は何階？

広瀬教授　十七階です。さあ、エレベーターに乗りましょう。

ユーリ・チカコ・広瀬教授がエレベーターに乗る。

文化会館のロビー。

幸吉がやってくる。傘を持っている。電話をかける。別の場所に、津田がやってくる。受話器を取る。

津田　はいはい、津田長介です。
幸吉　俺だ、幸吉だ。
津田　この野郎。せっかくテープをかけてやったのに、いきなり切るとは何事だ。
幸吉　ちょっと事情があってな。今、上野の文化会館へ来てるんだ。
津田　そんな所で何をしてるんだ。バレエでも見てるのか？
幸吉　ああ。やっぱりバレエは上野に限るな。そんなことより、一つ調べてほしいことがあるんだけど。

津田　また波多野の関係か？
幸吉　ああ。最近、波多野の周りで不審な死に方をした人間はいないかどうか。そいつを調べてほしいんだ。

津田　昨日、それと似たようなことを、高杉にも頼まれた。
幸吉　高杉に？　どうして？
津田　おまえ、熊岡恭太郎って知ってるか？
幸吉　いや。
津田　去年、ニューヨークで自殺した、ギタリストだよ。ところが、高杉のヤツ、熊岡は波多野に殺されたって言うんだ。

幸吉　で、おまえが調べた結果は？
津田　もちろん、高杉の誤解だ。波多野は何もやってない。
幸吉　証拠はあるのか？
津田　あるとも。えーと、あれはどこにメモしたんだっけ？
幸吉　じゃ、三十分後にもう一度電話する。それまでに見つけておいてくれ。

幸吉が電話を切る。そこへ、滝島がやってくる。

滝島　おまえ、波多野さんは他にも人を殺してると思ってるのか？
幸吉　いや、あくまでも可能性ですよ。
滝島　のんきそうに見えても、さすがは新聞記者だな。
幸吉　波多野を見張っててくれって、お願いしたはずですが。
滝島　のんびりバレエを見てるよ。俺たちは少し休憩にしないか。
幸吉　いいですよ。で、波多野を食い止める方法は考えてくれましたか？
滝島　卍固めをかけるっていうのはどうだ？
幸吉　俺、トイレに行ってきます。
滝島　待て。俺も一緒に行く。

幸吉と滝島が去る。

プリンセスホテルの雪絵の部屋。
雪絵がやってくる。後を追って、ユーリ・広瀬教授・チカコがやってくる。

広瀬教授　（手話をしながら）すいませんね、突然お邪魔しちゃって。
雪絵　（手話をしながら）〈初めまして、波多野雪絵です〉
広瀬教授　（手話をしながら）初めまして、広瀬正勝です。東大病院で、医師をしています。
雪絵　（手話をしながら）〈君原さんとはどういうお知り合いですか?〉
広瀬教授　（手話をしながら）親が決めた許嫁です。
チカコ　何バカなこと言ってるのよ。
雪絵　（手話をしながら）〈ご結婚はいつですか?〉
チカコ　イヤだ。この人、信じちゃったみたいよ。
広瀬教授　（手話をしながら）今のは冗談です。すぐに気づいてください。
雪絵　（手話をしながら）〈じゃ、本当は?〉
広瀬教授　（手話をしながら）医者と患者の関係です。君原さんは二日前に、僕の研究室を訪ねてきたんです。
雪絵　（手話をしながら）〈君原さん、どこかお悪いんですか?〉
広瀬教授　（ユーリに）どこが悪いのかって、聞いてますよ。
ユーリ　（喉を指さして）〈声が出なくなったんです〉
雪絵　（手話をする）

広瀬教授　（手話を読んで）「風邪で、喉を痛めたんですか？」

ユーリ　（首を横に振る）

雪絵　（手話をする）

広瀬教授　（手話を読んで）「それじゃ、別の病気ですか？」

ユーリ　（首を横に振る）

広瀬教授　（手話をしながら）彼女の声が出なくなったのは、病気のせいじゃありません。心の問題なんです。

雪絵　（手話をしながら）〈心？〉

広瀬教授　（手話をしながら）三日前の夜、彼女は弟さんに呼び出されて、このホテルに来ました。

雪絵　（手話をしながら）〈知っています〉

広瀬教授　（手話をしながら）声が出なくなったのは、弟さんと別れてすぐなんです。

雪絵　（手話をする）

広瀬教授　（手話を読んで）「祥也がやったんですね？」（手話をしながら）あなたもそう思うんですか？

雪絵　（手話をする）

広瀬教授　（手話を読んで）「あの子なら、できるはずです。でも、その前に、詳しい話を聞かせてください」

文化会館のロビー。

幸吉がやってくる。電話を出す。

幸吉　はいはい、北村です。

そこへ、津田がやってくる。傘と電話を持っている。

津田　俺だ、津田長介だ。おまえ、今、どこにいる?
幸吉　さっき言っただろう。上野の文化会館だ。
津田　文化会館のどこだ。
幸吉　一階のロビーだ。そんなことより、メモは見つかったのか?
津田　(幸吉に歩み寄って肩を叩き)ああ、見つかった。
幸吉　津田!　おまえ、どうしてここに?
津田　電話を切った後、すぐに机の引き出しから出てきたんだ。で、どうせなら、直接、おまえに聞かせてやろうと思って。

そこへ、滝島が走ってくる。

滝島　波多野さんが消えた。中に戻ったら、席が空っぽだった。
幸吉　しまった。ロビーで休憩してる間に。

滝島　しかし、ロビーを通らずに、どうやって外へ。
幸吉　楽屋口ですよ。下手をすると、今頃、ホテルに。
津田　幸吉、一体何がどうなってるんだ？
幸吉　うるさい、おまえは黙ってろ。

別の場所に、勝本がやってくる。電話をかける。滝島が電話を出す。

滝島　もしもし、滝島ですが。
勝本　俺です。勝本です。
滝島　今、取り込み中なんだ。また後でかけ直せ。
勝本　待ってください。波多野さんが、波多野さんがこっちに現れたんです。

そこへ、波多野が現れる。勝本が波多野に背中を向ける。

滝島　こっちってどこだ。おまえ、今、どこにいるんだ。
勝本　聖セシリア病院です。高杉さんが入院してる。
滝島　なぜおまえがそんな所に。
勝本　高杉さんに、波多野さんのことを話しておいた方がいいと思って。あ、波多野さんが上に行く。俺、後を追いかけます。（電話を切る）

波多野が去る。後を追って、勝本も去る。

幸吉　誰からですか？

滝島　勝本だ。聖セシリア病院に、波多野さんが現れたそうだ。

幸吉　どうしてそんな所に。

滝島　決まってるだろう。今度こそ、高杉の息の根を止めるつもりなんだ。

幸吉　滝島さん、行きましょう。

津田　幸吉、俺のメモはどうする？

幸吉　そうか。じゃ、車の中で聞かせてくれ。

津田　車って？

幸吉　決まってるだろう。おまえも一緒に病院へ行くんだ。

幸吉・滝島・津田が去る。

11

プリンセスホテルの雪絵の部屋。

広瀬教授　（手話をしながら）僕の話を信じてくれますか？
雪絵　（手話をする）
広瀬教授　（手話を読んで）「あなたの話は、たぶん、事実でしょう。とても悲しいことですが」（手話をしながら）あなたは弟さんの力に気づいていましたね？
雪絵　（手話をする）
広瀬教授　（手話を読んで）「私たちは子供の頃から、ずっと二人で暮らしてきました。耳の聞こえない私を助けるために、祥也は何でもしてくれました」（手話をしながら）時には、他人を傷つけるようなことも？
雪絵　（手話をする）
広瀬教授　（手話を読んで）「わかりません。祥也が教えてくれない限り、私には確かめる方法がないのです」（手話をしながら）あなたが弟さんの力に気づいたのは、いつですか？
雪絵　（手話をする）

広瀬教授　（手話を読んで）「覚えてません。いつの間にか、周りの人が祥也の言う通りに動くようになったのです。いい例が父です。父はお酒が好きで、酔うと乱暴になる人でした。その父が、祥也の言うことだけには、耳を貸すようになったのです」（手話をしながら）あなたのご両親は、子供の頃に亡くなったと聞きましたが。

雪絵　（手話をする）

広瀬教授　（手話を読んで）「母は九つの時、父は十五の時でした」

雪絵　（両手で顔をおおう）

チカコ　どうしたの、雪絵さん？

広瀬教授　（雪絵の肩をつかんで）しっかりしてください、雪絵さん。雪絵さん！

聖セシリア病院の四階の廊下。
波多野がやってくる。傘を持っている。後を追って、勝本がやってくる。

波多野　（立ち止まって）なぜ僕についてくる。

勝本　（立ち止まる）

波多野　確か、勝本君だったね？　僕に何か用かい？

勝本　……。

波多野　どうした。黙っていたら、わからないじゃないか。

勝本　あなたの方のこそ、こんな時間に何の用です。

波多野　僕は高杉君のお見舞いに来たんだ。
勝本　でも、もう十時ですよ。面会時間はとっくに過ぎてます。
波多野　驚いたな。君は、僕が高杉君を殺しに来たと思ってるのか？
勝本　いいえ、俺はそんな……。
波多野　そんなデタラメ、誰から聞いたんだ。よかったら、僕に教えてくれないか？

勝本が波多野に背中を向けて、走り出す。と、目の前に高杉がやってくる。松葉杖をついている。

高杉　どうしたんだ、勝本。
勝本　高杉さん、波多野さんが……。
高杉　そうか。波多野が俺を殺しに来たってわけか。
波多野　僕が君を殺しに？　君たちは、僕が殺人鬼か何かだと思ってるのか？
高杉　思ってる。現に、おまえは熊岡を殺した。
波多野　あれは自殺だ。
高杉　知り合いの新聞記者に調べてもらったよ。熊岡はパーティーの席で、あんたのお姉さんに絡んだそうじゃないか。あいつは俺と違って、大の女好きだからな。それで、あんたは熊岡をクビにした。熊岡はあんたの家へ謝りに行った。そこで、何が起きたかはわからない。が、そのすぐ後に、熊岡はホテルの窓から飛び降りたんだ。
波多野　僕は彼と話をしただけだ。

高杉　そうだ。あんたは話をしただけだ。熊岡に、死ねって。
波多野　なぜ僕と目を合わせようとしない。
高杉　勘だよ。あんたの目を見ると、俺まで死にたくなるよう気がするんだ。
勝本　違うんです、高杉さん。波多野さんは目じゃなくて、二つ目の声で――
波多野　勝本君。二つ目の声って、何のことかな？

勝本が叫び声を上げながら、波多野に殴りかかる。波多野が倒れる。

高杉　勝本、おまえ……。
勝本　高杉さん、逃げてください。早く！

高杉と勝本が走り去る。波多野が立ち上がり、後を追って去る。
プリンセスホテルの雪絵の部屋。

雪絵　（手話をする）
広瀬教授　（手話を読んで）「母が病気で亡くなると、父はますますお酒を飲むようになりました。留置場に入れられて、私と祥也が引き取りに行ったこともあります。その父が、あの日、家へ友人を連れてきたのです」（手話をしながら）あの日っていうのは？
チカコ　お父さんが死んだ日じゃない？

雪絵　（手話をする）

広瀬教授　（手話を読んで）「二人は遅くまでお酒を飲んでいました。私と祥也は先に寝たのですが、午前零時を回った頃でしょうか。私の部屋に父の友人が入ってきたのです。私が抵抗していると、祥也が助けに来てくれました。でも、あの子はまだ子供です。大人の力にかなうはずがありません。顔をひどく殴られて、私は祥也が死んでしまうのではないかと思いました。そこで、私の記憶は途切れています。気を失ってしまったのかもしれません。次に目が覚めてみると、目の前で家が燃えていました。祥也は私を抱き締めて、じっと炎を見つめていました」（手話をしながら）あなたは、弟さんが火をつけたと思ってるんですか？

雪絵　（手話をする）

広瀬教授　（手話を読んで）「わかりません。祥也にそんな恐ろしいことができるなんて、私には信じられなかった。それなのに、祥也の周りで、次々と人が死んでいくのです。それはみんな、私を傷つけようとした人たちでした」

聖セシリア病院の四階の廊下。

高杉と勝本が走ってくる。高杉は松葉杖をついている。高杉が転ぶ。

勝本　高杉さん、大丈夫ですか？

高杉　その先にナースステーションがある。誰か、呼んできてくれ。

勝本　でも、俺が行ってる間に、波多野さんが来たら。
高杉　大丈夫だ。俺は目を閉じてるから。
勝本　違うんです、高杉さん。波多野さんは目じゃなくて、二つ目の声で他人の心を操るんです。
高杉　二つ目の声？
勝本　だから、波多野さんの声を聞いたら、おしまいなんです。
高杉　そういうことか。（足を押さえて）足が痛くて、気が狂いそうだ。頼むから、早く呼んできてくれ。

勝本が走り去る。高杉の背後に波多野がやってくる。高杉が振り返る。

波多野　死んでしまえ。

と同時に、もう一つの声が聞こえる。「死んでしまえ」
高杉が去る。波多野も去る。
プリンセスホテルの雪絵の部屋。

雪絵　（手話をする）
広瀬教授　（手話を読んで）「私には祥也の声が聞こえません。祥也を止めたくても、声が出せません。黙って、祥也を見ているしかないのです。祥也を信じて。だって、祥也はいつも私のことだけを考えて生きてきたのです。自分のことよりも、私のことを」（手話をしながら）弟さんが力を使うのは、いつもあなたを守るためだったんですね？

雪絵　（手話をする）

広瀬教授　（手話を読んで）「そんなあの子を、どうして私に責められるでしょう」

聖セシリア病院の玄関。

波多野がやってくる。電話をかける。そこへ、幸吉・滝島・津田がやってくる。幸吉と津田は傘を持っている。

幸吉　滝島さん、波多野です。

滝島　勝本のヤツはどうしたんだ。後を追いかけるって言ったのに。

幸吉　ひょっとすると、もう……。

滝島　波多野さんに殺されたって言うのか？　いいヤツだったのに。

幸吉　断定するのは早すぎますよ。僕は裏口へ回って、高杉の病室を見てきます。滝島さんは、ここで波多野を食い止めてください。で、その方法ですが。

滝島　方法は……、そうだ、こいつを使おう。（津田を指さす）

幸吉　津田を？

滝島　こいつは事情が何もわかってない。心を読まれても、平気だ。

幸吉　なるほど。津田、今から波多野を食事に誘ってくれ。

津田　俺が？　どうして？
滝島　金は俺が出す。（財布から一万円札を抜き取って）寿司でもステーキでも、好きな物を食ってこい。（差し出す）
津田　（受け取って）すいません、ご馳走になります。

津田が波多野に歩み寄る。波多野が電話を切る。

津田　波多野さん、こんばんは。
波多野　あなたはサンキュースポーツの津田さんでしたね。
津田　突然ですけど、僕と二人で食事をしませんか？
波多野　あなたと二人で？　申し訳ないけど、僕はちょっと急いでるんです。じゃ。

波多野が去る。幸吉と滝島が津田に歩み寄る。

津田　振られちゃいました。
滝島　バカ野郎！　すぐに後を追いかけるんだ！
幸吉　勝本さんはどうするんですか？
滝島　あいつは俺が何とかする。おまえはこいつと二人で、ホテルへ行け。
幸吉　わかりました。

滝島　幸吉、波多野さんを助けてくれ。あの人は決して悪い人じゃない。ただ、雪絵さん以外の人間が見えなくなってるだけなんだ。

幸吉と津田が走り去る。滝島も走り去る。
プリンセスホテルの雪絵の部屋。

広瀬教授　(手話をしながら) 僕らがここへ来たのは、あなたに頼みたいことがあったからです。
雪絵　(手話をしながら)〈頼みたいこと?〉
広瀬教授　(手話をしながら) テレビアニメの収録は、明後日から始まります。それまでに声が出せるようにならないと、君原さんは役を降ろされてしまうんです。
雪絵　(手話をしながら)〈そうですか。でも、私に何ができるでしょう?〉
広瀬教授　(手話をしながら) あなたから、弟さんに言ってほしいんです。君原さんにかけた暗示を解いてくれと。二つ目の声で「声を出せ」と言ってくれと。
雪絵　(手話をしながら)〈わかりました〉
広瀬教授　(手話をしながら) 本当ですか?
雪絵　(手話をする)
広瀬教授　(手話を読んで)「私が言えば、祥也はきっとわかってくれます。だから、安心してください」
ユーリ　〈ありがとうございます〉

チカコ　よかったね、ユーリちゃん。
広瀬教授　（腕時計を見て）もう十一時か。そろそろ波多野さんが戻ってきますね。
ユーリ　〈私たちも帰りましょう〉
広瀬教授　ええ。そうした方がいいでしょうね。（手話をしながら）じゃ、僕らはこれで失礼します。
雪絵　（手話をする）
広瀬教授　（手話を読んで）「外は雨です。お帰りになる前に、コーヒーはいかがですか？」（手話をしながら）いいですね。僕はコーヒーには目がないんですよ。
ユーリ　（広瀬教授の腕をつかんで、首を横に振る）
広瀬教授　大丈夫ですよ。僕らには、雪絵さんという強い味方がついてるんです。（手話をしながら）じゃ、お言葉に甘えて。

雪絵・ユーリ・チカコ・広瀬教授が去る。

12

プリンセスホテルのロビー。
幸吉と津田が走ってくる。二人とも傘を持っている。

幸吉　波多野のタクシーは？
津田　まだ来てない。さっきの信号で止まったんだろう。
幸吉　よし、俺はフロントへ行ってくる。雪絵さんの部屋に電話して、ユーリに知らせないと。
津田　幸吉、俺、事情が何もわかってないんだよ。少しは教えてくれてもいいだろう？
幸吉　おまえはわかってない方がいいんだ。
津田　しかし――
幸吉　黙れ！　波多野が来た！

そこへ、波多野がやってくる。傘を持っている。エレベーターの前に立つ。

津田　エレベーターに乗るみたいだな。

幸吉　よし、おまえ行ってこい。
津田　また俺か？
幸吉　言うことを聞かないと、さっきの一万円、返してもらうぞ。
津田　あれはおまえにもらったわけじゃない。
幸吉　いいから、早く！

幸吉が津田を突き飛ばす。津田が波多野に歩み寄る。

津田　波多野さん、こんばんは。
波多野　あなた、僕を追いかけてきたんですか？
津田　どうしてもあなたと食事がしたくて。
波多野　そこまで僕のことを。でも、僕はもう夕食を食べちゃったんです。だから、他の、もっと素敵な男性を探してください。

津田が幸吉に歩み寄る。

津田　俺、なんか誤解されてるみたいだ。
幸吉　誤解されるような誘い方をするからだ、バカ！

エレベーターの扉が開く。波多野が乗る。

津田　あ、波多野がエレベーターに乗ったぞ。

幸吉　仕方ない。卍固めを試してみるか。

幸吉がエレベーターに飛び乗る。扉が閉まる。

津田　幸吉！　待ってろよ。俺もすぐに階段で追いかけるからな。いや、待てよ。俺は波多野の部屋が何階か、聞いてないんだ。幸吉！　おまえが戻ってくるまで、ロビーで待ってるぞ。

津田が去る。
プリンセスホテルのエレベーター。

波多野　あれ？　あなた、君原君のお友達じゃないですか？

幸吉　（無視する）

波多野　確か、幸吉君でしたよね？　一昨日、聖セシリア病院で会ったでしょう。

幸吉　（無視する）

波多野　ちょっと、聞いてるんですか？　僕はあなたに話しかけてるんですよ。

幸吉　（棒読みで）人違いですよ。僕は君原なんて人、知りません。

波多野　本当ですか？
幸吉　（棒読みで）僕の名前は助三郎です。幸吉なんて、おかしな名前じゃない。
波多野　そうですか。ところで、あなたは何階で降りるんですか？　ボタンを押しておかないと。
幸吉　（指を五本突き出す）
波多野　五階ですか？　五階はもう過ぎましたよ。
幸吉　（棒読みで）じゃ、十階。
波多野　（ボタンを押す）
幸吉　聞こえなかったんですか？　僕は十階って言ったんですよ。
波多野　僕の部屋は十七階です。途中で無理やり降ろされるのはゴメンだ。
幸吉　（驚く）
波多野　わかってますよ。僕の部屋に、君原君が来てるんでしょう？

幸吉が波多野に飛びかかる。波多野が避ける。幸吉が振り返る。

波多野　動くな！
幸吉　（止まる）
波多野　君はもう何もかも知っているようだ。高杉君のことも、熊岡君のことも。それで、僕を脅すつもりか。君原君の声を、元通りにしろって言うのか。
幸吉　（動こうとするが、動けない）

波多野　それなら、どうして直接、僕の所へ来なかったんだ。姉に話したりしないで。
幸吉　（動こうとするが、動けない）
波多野　どうして姉をそっとしておいてくれないんだ。

プリンセスホテルの十七階のエレベーターの前。
雪絵・ユーリ・チカコ・広瀬教授がやってくる。チカコと広瀬教授は傘を持っている。

広瀬教授　（手話をしながら）コーヒー、とってもおいしかったです。僕が作るのに比べたら、まだまだですが。
雪絵　（手話をしながら）〈そうですか。じゃ、今度お伺いした時、ぜひ〉
広瀬教授　（手話をしながら）どうぞどうぞ。五杯でも十杯でも、好きなだけご馳走しますよ。
チカコ　あ、エレベーターが来たよ。
広瀬教授　（手話をしながら）今日は突然お邪魔して、申し訳ありませんでした。
ユーリ　（手話をしながら）〈さようなら〉
雪絵　（手話をしながら）〈さようなら〉
広瀬教授　君原さん、行きましょう。

エレベーターの扉が開く。波多野が出てくる。

波多野　あれ？　君原君じゃないか。どうしてこんな所へ？
ユーリ　（後ずさりする）
雪絵　（手話をしながら）〈この人たちは、私に会いに来てくださったのよ〉
波多野　姉さんに会いに？（ユーリに）姉が風邪だって、よく知ってたね。それとも、何か別の用があって、来たのか？
ユーリ　（エレベーターの中を指さす）
チカコ　おじさん、中に幸吉君が。
雪絵　（手話をしながら）〈祥也、その人に何をしたの？〉
波多野　別に何もしてないよ。（広瀬教授に）そんなことより、あなたはどなたです。
雪絵　（手話をしながら）〈東大病院の広瀬教授よ〉
波多野　ほう。東大の先生が、姉に何の用です。
ユーリ　〈幸吉君！〉（エレベーターに乗ろうとする）
波多野　（ユーリを押し止めて）どこへ行くんだ。僕はここへ何しに来たのか、聞いてるんだ。
ユーリ　〈幸吉君！〉

ユーリが波多野を突き飛ばして、エレベーターに飛び込む。扉が閉まる。

チカコ　ユーリちゃん！
波多野　広瀬さん。よかったら、僕の部屋でコーヒーでも飲んでいきませんか？

雪絵　(手話をしながら)〈祥也、やめて〉

波多野　(手話をしながら)姉さん、どうしたの？　僕はその人と話がしたいだけだよ。

雪絵　(手話をしながら)〈本当にそれだけ？〉

波多野　(手話をしながら)他に何をするって言うんだ。もしかして、殴り合いでも始めるんじゃないかって、心配してるの？

雪絵　(手話をしながら)〈違うわ〉

波多野　(手話をしながら)だったら、どうしてその人の前に立ってるんだ。

雪絵　(手話をしながら)〈あなたに二つ目の声を使わせないためよ〉

波多野　(手話をしながら)二つ目の声？　姉さん、いきなり何を言い出すんだ。二つ目の声って、何のことだい？

雪絵　(手話をしながら)〈祥也、とぼけるのはやめて〉

波多野　僕はとぼけてなんかいない。(広瀬教授に)あなた、姉にとんでもないデタラメを吹き込みましたね？

波多野が広瀬教授に歩み寄る。雪絵が波多野にしがみつく。波多野が雪絵を突き飛ばす。雪絵が倒れる。広瀬教授が雪絵に駆け寄る。

広瀬教授　やめてください、波多野さん。雪絵さんは、あなたのためを思って、言ってるんですよ。

波多野　やっと声を聞かせてくれましたね。

広瀬教授　雪絵さんを悲しませたくなかったら、これ以上、人を傷つけるのはやめてください。
波多野　うるさい、黙れ！
チカコ　（同時に）やめて！
波多野　どうしたんだ、いきなり大きな声を出して。
チカコ　おじさん、この人の目を見ちゃダメ。見たら、心を操られるよ。
波多野　何だと？
チカコ　心を操るためには、相手の目を見ながら、話しかけなくちゃいけないの。だから、目を逸らして。
波多野　まさか、君は——
チカコ　そうよ。おじさんに変なことを言ってみなさい。私が許さないからね。
波多野　ほう。どう許さないって言うんだ。
チカコ　（後ずさりして）ダメ。この人の心は強すぎる。私には操れない。

広瀬教授が大声を上げて、波多野に体当たりする。波多野が避けて、広瀬教授を殴る。広瀬教授が倒れる。波多野が広瀬教授に歩み寄る。と、雪絵が広瀬教授の前に立つ。

波多野　姉さん、そこをどいて。
雪絵　（手話をしながら）〈祥也、やめて。この人は私に何もしてないじゃない〉
波多野　こいつは姉さんに嘘をついた。

雪絵　（手話をしながら）〈本当に嘘だって言い切れるの？〉
波多野　姉さんは僕より、その人の言うことを信じるの？
雪絵　（手話をしながら）〈信じるとか信じないとかじゃなくて、私は本当のことが知りたいの〉
波多野　あいつのせいだ。あいつを始末しておけば、こんなことにはならなかったんだ。

波多野が走り去る。

広瀬教授　（チカコに）エレベーターはどっちへ行った。
チカコ　上。たぶん、波多野さんは、飛び降りろって言ったのよ。
広瀬教授　（手話をしながら）雪絵さん、このホテルの最上階は？
雪絵　（手話をしながら）〈レストランです〉
広瀬教授　レストランか。この時間じゃ、もう誰もいないだろうな。

雪絵・チカコ・広瀬教授が走り去る。

13

プリンセスホテルの三十六階のレストラン。

エレベーターの扉が開いて、ユーリと幸吉が降りてくる。幸吉は傘を持っている。幸吉が周囲を見回し、非常扉に向かって歩き出す。と、ユーリが幸吉の腕をつかむ。

ユーリ　〈幸吉君、どこへ行くの？〉

幸吉　（ユーリの手を振り払う）

ユーリ　〈ここは三十六階なのよ！　外へ出たりしたら、危ないじゃない！〉（幸吉の前に回り込む）

幸吉　（立ち止まる）

ユーリ　〈こんな所から落ちたら、死んじゃうよ！　ねえ、幸吉君！〉（幸吉の体を押す）

幸吉　（ユーリを突き飛ばす）

ユーリが転ぶ。幸吉が非常扉から外へ出る。激しい嵐。ユーリが後を追う。幸吉が下を覗き込む。強い風に吹き戻される。幸吉は風に逆らい、下へ飛び降りようとする。と、ユーリが幸吉にしがみつく。

ユーリ　〈幸吉君、死なないで！〉
幸吉　（ユーリの手をつかむ）
ユーリ　〈生きてくれるだけでいいから〉
幸吉　（ユーリを振り払う）
ユーリ　〈二度と会えなくなってもいいから〉（幸吉にしがみつく）
幸吉　（ユーリの顔を見る）放せ！
ユーリ　〈だから、死なないで、幸吉！〉
幸吉　放せ！
ユーリ　幸吉君！

幸吉の動きが止まる。ユーリをつかんでいた手を放す。周囲を見回す。そして、ユーリの顔を見る。

幸吉　俺、飛び降りようとしてたのか？
ユーリ　（うなずく）
幸吉　ユーリが止めてくれたんだな？
ユーリ　（うなずく）
幸吉　声が聞こえたんだ。誰かが「幸吉君！」て叫ぶ声が。
ユーリ　私の声よ。私の声が戻ってきたのよ。
幸吉　よかった。よかったな、ユーリ！　でも、どうして急に？

ユーリ　わからない。二度と会えなくなってもいいから、死なないで。そう思ったら、急に。
幸吉　そうか、それで暗示が解けたのか。いや、そうじゃない。ユーリは自分の力で暗示を解いたんだ。で、広瀬教授はどうした？
ユーリ　わからない。まだ十七階にいると思う。
幸吉　じゃ、波多野は？
ユーリ　あの人も、十七階に。
幸吉　何だって？　急いで助けに行かないと。

幸吉とユーリが非常扉から中に入る。幸吉がエレベーターの前に立ち、ボタンを押す。と、階段の方を覗き込む。

幸吉　ユーリ！　電気のスイッチを消すんだ！
ユーリ　何よ。下へは行かないの？
幸吉　波多野が来たんだ。早くここを真っ暗にしないと。
ユーリ　幸吉君、あった！
幸吉　早く消すんだ！

ユーリがスイッチを押す。レストランの中が真っ暗になる。が、階段の入口からは、微かに光が差し込んでいる。その光の中に、波多野が浮かび上がる。

波多野　今の声は君原君だね？　それに、幸吉君の声もした。せっかく迎えに来てあげたのに、こんな歓迎の仕方をされるとは思わなかったよ。暗くして、声を出さなければ、僕に話しかけられずに済むってわけか。でも、僕がここに立っていたら、君たちは外へ出られない。僕は朝までここで我慢して、外が明るくなるのを待てばいいんだ。あと六時間、ここでジッとしていようか？

幸吉がユーリの方に動き出す。

波多野　残念ながら、そこまで君たちに付き合ってる暇はない。僕は明日の朝、ニューヨークへ帰るんだ。その前に、仕事は全部済ませておかないと。

ユーリが幸吉の方に動き出す。

波多野　ちょっとしたゲームをしよう。僕はこれから君たちを探しに行く。君たちはその場でジッとしていてもいいし、別の場所へ逃げてもいい。が、ここから外へ出ることはできない。なぜなら、ここを通れば、僕には君たちの姿が見える。僕はすぐに、死んでしまえと言うだろう。つまり、君たちが生きて帰るためには、僕を殺すしかないってわけだ。

ユーリがつまずく。

波多野　そっちにいるのか。

波多野がユーリの方へ歩く。ユーリが逃げる。幸吉が追う。

波多野　ユーリ。君は幸吉君に、ユーリって呼ばれてるんだね。ユーリ。声が出せるようになって、よかった。僕の言いつけを破ったのは、君が初めてだ。驚いたよ。さすがに、僕と同じ声を出す女の子だ。

波多野がユーリと幸吉の間に立つ。ユーリと幸吉の動きが止まる。

波多野　でも、僕は君の声が好きじゃない。君の声は危険だ。もう気づいているだろうね。君の声には、僕と同じ力がある。他人の心を、自分の思い通りに操る能力がね。ただし、君にはその使い方が全くわかっていない。むやみに振り回して、自分では知らないフリだ。そんな危険な声を、野放しにしておくわけにはいかない。

幸吉　そう言う自分はどうなんだ。罪のない人間を殺しておいて、それが危険じゃないって言うのか？

波多野が幸吉の方へ歩く。

波多野　僕は自分の声をコントロールしている。必要な時にしか使わないんだ。ところがユーリ、君はそうじゃない。君は、誕生日にモデルガンを買ってもらった子供のように、周りにいる人間をバンバン撃ちまくっている。それが、本物であることも知らないで。

幸吉　嘘だ。ユーリはおまえみたいに、他人の心を操ったりしてない。

波多野　ユーリ、君はどう思う。

幸吉　ユーリに話しかけるのはやめろ！

波多野　幸吉君は、なぜこんなにまでして、君を助けようとするんだろう。ただの教え子に過ぎない君のために、なぜ自分から危険に飛び込むんだろう。君が好きだから？　もしそうだとしたら、なぜ君を好きになったんだろう。

幸吉　答えるな、ユーリ！

波多野　そうだ。君が好きにさせたんだ。幸吉君の気持ちなんか関係なしに、君が無理やり好きにさせたんだ。

ユーリ　嘘よ！

波多野　なんだ。今度はそっちに動いたのか。

波多野がユーリの方へ歩く。ユーリが逃げる。幸吉が追う。

ユーリ　幸吉君！

幸吉　波多野！　バカな話をして、ユーリをからかうのはやめろ。モデルガンを手に入れて、バンバン撃ちまくってるのは、おまえの方だろう。

波多野　黙れ。

幸吉　ユーリはおまえみたいに、力を振り回してなんかいない。俺の心を操ったことなんか、一度もない。

波多野　それは、君が気づいていないだけだ。君が自分で決めたと思っていることも、すべては彼女が決めたことなんだ。彼女を好きになったのは、彼女にそうさせられたからなんだ。

幸吉　俺はユーリを好きになってない！（光の中に立って）これから好きになるんだ！

波多野が叫ぶ。と同時に、幸吉が大声を上げて、傘で窓ガラスを叩く。窓ガラスが砕けて、雨と風がドッと吹き込む。幸吉が次々と窓ガラスを叩く。レストランの中は、まるで嵐のようになる。カーテンが揺れて、外の光が中に入る。その光に、幸吉の姿が浮かび上がる。波多野が叫ぶ。が、声は聞こえない。波多野が幸吉に駆け寄り、腕をつかむ。波多野が叫ぶ。が、声は聞こえない。波多野が幸吉に殴りかかる。幸吉が避けて、波多野に体当たりする。二人が倒れる。波多野が幸吉の上に乗り、殴る。幸吉が波多野を突き飛ばす。ユーリが傘で波多野の背中を叩く。波多野が傘をつかみ、ユーリを引き寄せる。波多野が叫ぶ。ユーリが両手で耳を塞ぐ。幸吉が波多野を羽交い締めにする。波多野が幸吉を投げ飛ばす。波多野が幸吉を起き上がらせて、殴る。幸吉が倒れる。波多野が幸吉に歩み寄る。ユーリが波多野の背中にしがみつく。波多野がユーリを突き飛ばす。波多野が傘を拾い上げる。波多野が幸吉に歩み寄る。幸吉を突き刺そうと、傘を振り

上げる。
そこへ、雪絵・チカコ・広瀬教授が走ってくる。

雪絵　（手話をしながら）〈祥也、やめて〉
波多野　（首を横に振る）
雪絵　（手話をしながら）〈その人を殺したいなら、かわりに私を殺しなさい〉
波多野　（首を横に振る）
雪絵　（手話をしながら）〈あなたがやらないなら、私がやるわ。さあ、その傘を貸して〉
波多野　（首を横に振る）
雪絵　（手話をしながら）〈もう終わりにするのよ。何もかも〉
波多野　僕はただ、姉さんを守るために……。
雪絵　（手話をしながら）〈私はあなたに守ってもらわなくても大丈夫。一人で大丈夫なのよ〉
波多野　姉さん……。

波多野が傘を自分の胸に突き刺す。ゆっくりと倒れる。雪絵が波多野に歩み寄る。ひざまずいて、波多野の体に泣き伏す。

14

広瀬教授 あの時、雪絵さんは何て言ったのか。君原さんにはわからなかったそうです。が、もちろん、僕にはわかりました。「祥也、やめて」「その人を殺したいなら、かわりに私を殺しなさい」「あなたがやらないなら、私がやるわ。さあ、その傘を貸して」「もう終わりにするのよ。何もかも」「私はあなたに守ってもらわなくても大丈夫。一人で大丈夫なのよ」

幸吉と雪絵が波多野を抱えて去る。後を追って、ユーリとチカコも去る。

広瀬教授 七日目、君原さんは夕方、目を覚ましました。朝まで警察の現場検証に付き合わされたせいか、疲れは少しも取れていませんでした。が、君原さんは幸吉君と連れ立って、ホテルへ向かいました。もう一度、雪絵さんに会うために。しかし、雪絵さんは留守でした。フロントの人の話によると、昼過ぎに一人で出かけたとのこと。二人はロビーで三時間ほど待ちましたが、とうとう雪絵さんは戻ってきませんでした。

広瀬教授が机の上から手紙を取り上げる。

広瀬教授　そして、その日の夜、僕の研究室へ、雪絵さんがやってきたのです。この手紙を渡すために。嵐は海の彼方へ過ぎ去りました。が、僕の心の中ではまだ雨や風が吹き荒れている。雪絵さん、あなたは本当に一人で大丈夫なんですか？　あなたが僕に見せてくれた笑顔。あの笑顔は、本当に心からの笑顔だったのですか？　八日目、僕は東京映像のスタジオへ向かいました。この手紙を、君原さんに渡すために。

広瀬教授が去る。

八日目、東京映像のスタジオ。

録音室へ、滝島と勝本が入ってくる。勝本は頭に包帯を巻いている。二人とも台本を持っている。後から、高杉がやってくる。松葉杖をしている。

高杉　おはようございます。

滝島　高杉君、退院は来週に延びたんじゃなかったの？

勝本　（高杉に）怪我の方は大丈夫なんですか？

高杉　全然大丈夫じゃない。医者には「行くな」って止められたけど、主役が休むわけにはいかないだろう。

勝本　休んだら、役を降ろされると思ったんでしょう？　意外と小心者なんだから。

高杉　やかましい。（勝本の頭を叩く）

勝本　痛い！
高杉　そう言えば、おまえ、その頭はどうしたんだ？
勝本　覚えてないんですか？　高杉さんに叩かれたんですよ、松葉杖で。
高杉　俺が？　どうして？
勝本　高杉さんが病院の屋上から飛び降りようとしてたから、必死で止めたんです。そうしたら、高杉さん、「邪魔するな、ポカッ！」って。
高杉　じゃ、あの時、俺を助けてくれたのは、おまえだったのか。どうもありがとう。（勝本の頭を叩く）
勝本　痛い！　どうして叩くんですか！

そこへ、ユーリ・幸吉・チカコが入ってくる。

ユーリ　おはようございます。
滝島　よし、これでメンバーが揃ったな。じゃ、リハーサルを始めるか。（幸吉に気づいて）あれ、君は何しに来たんだ？
幸吉　今日は取材です。僕はサンキュースポーツの記者ですから。
勝本　ちなみに、担当は？
幸吉　相撲です。でも、津田に頼んで、必ず記事にしてもらいますから。
滝島　嘘だ。おまえは君原のことが心配でついてきたんだ。やっぱり、おまえらはできてるんだ。

幸吉　何度言えば、わかるんですか。僕とユーリは――
滝島　よし、おまえが本当のことを言ってるかどうか、チカちゃんに判断してもらおうじゃないか。どうだ、チカちゃん。
チカコ　そうね。ユーリちゃんと幸吉君は――
ユーリ　チカちゃん、やめよう。
チカコ　どうして？
ユーリ　その力はもう使わなくていいじゃない。ねえ、滝島さん？
滝島　そうだな。じゃ、リハーサルを始めるか。

そこへ、広瀬教授が入ってくる。

広瀬教授　おはようございます。
滝島　また変なのが来た。今日は一体何の用だ。
広瀬教授　あなたに会いに来たんじゃありませんよ。
滝島　やっぱり、あなたとはうまくやっていけそうにない。
広瀬教授　同感です。君原さん、これ、雪絵さんからです。（手紙を差し出す）
ユーリ　（受け取って）手紙ですか？
広瀬教授　昨夜、僕の研究室に来たんです。それを、あなたに渡してくれって。
幸吉　読んでみろよ、ユーリ。

ユーリ　でも……。（滝島を見る）

滝島　俺は別に構わないぞ。雪絵さんのことは、俺も気になってたんだ。

ユーリ　じゃ、読みます。（手紙を読む）「手紙にて、失礼します」

別の場所に、雪絵がやってくる。手紙の内容を手話で語る。

ユーリ　（手紙を読む）「本当はもう一度会って、ちゃんと話をするべきなのでしょうが、どうしてもそんな気になれません。今日は、私たちが子供の頃に住んでいた街へ行ってきました。祥也と二人で歩いた道を、もう一度一人で歩いてみました。そして、わかったのです。悪いのは祥也じゃなくて、私なのだと。私は初めから気づいていたのです。祥也が何をしているのか。気づいていたのに、気づかないフリをしていたのです。そして、心の底では喜んでいたのです。もしかしたら、祥也はそんな私のために、さらに罪を重ねたのかもしれません。とすれば、私は祥也の心を操っていたことになります。高杉さんに怪我をさせたのは、私だったのです。あなたの声を奪ったのは、私だったのです。死ぬべきだったのは、私だったのです。大丈夫。私は自殺などしません。ニューヨークへ帰って、神様がいいと仰るまで、自分の罪を償うつもりです。あなたに会えて、本当によかった。あなたに会えたおかげで、自分の罪に気づくことができました。本当に、本当に感謝しています。でも、もう会いには来ないでください。あなたに会わなければ、祥也は死ななかった。そう思うと、もう二度とお会いしたくないのです。私にとって、祥也は誰よりも大切な弟だったのです。私自身よりも。君原友里様。波多野雪絵」

雪絵が去る。

勝本 大丈夫かな、雪絵さん。本当に一人で生きていけるのかな。
高杉 心配するな。彼女はそんなに弱い人間じゃない。
滝島 なぜ君にわかるんだ。
高杉 彼女は「初めから気づいていた」って言ってるじゃないですか。つまり、自分の弟が人を殺してるかもしれないって不安と、ずっと戦ってたんですよ。何年も何年も。
広瀬教授 十四年前ですね。最初の事件から。
高杉 それでも、彼女はずっと弟の側にいた。たった一人で側にいたんです。
広瀬教授 そうか、わかった。
幸吉 何がですか？
広瀬教授 （ユーリに）僕の研究室に来た時、雪絵さんはずっと笑顔のままでした。それがどうしてなのか、やっとわかったんです。彼女は、やっと一人じゃなくなったんですよ。
滝島 何を言ってるんだ。波多野さんが死んだら、雪絵さんは一人じゃないか。二引く一は一。簡単な引き算だ。
広瀬教授 でも、彼女は言ってました。「祥也は、私の心の中で生き続けていますから」って。
滝島 大学教授のくせに、引き算もわからないのか。こんなバカは放っておいて、リハーサルを始めよう。

滝島と広瀬教授がミキサー室へ行く。幸吉と高杉が椅子に座る。勝本がマイクを出す。

勝本　滝島さん、マイクの準備、できました。
滝島　オーケイ。じゃ、十二ページの三行目からだ。君原、緊張するなよ。
ユーリ　はい。
滝島　チカちゃんはいつもの調子でね。
チカコ　オーケイ。
滝島　オーケイオーケイ。じゃ、始めてくれ。
ユーリ　「ねえ、ジル。僕はこんな学校、イヤでイヤで仕方ないんだ。君だって、そうだろう?」
チカコ　「そうよ」
ユーリ　「だったら、僕と一緒に行かないか?」
チカコ　「どこへ?」
ユーリ　「僕の言うこと、信じてくれる?」
チカコ　「信じるわ。あんたが私を信じて話してくれるなら」
ユーリ　「でも、君は笑うかもしれない。とっても変な話だから」
チカコ　「そんなの、聞いてみなくちゃ、わからないじゃない」
幸吉　ユーリ!

ユーリが笑う。幸吉も笑う。嵐はもう過ぎ去ったのだ。

〈幕〉

サンタクロースが歌ってくれた

SINGING WITH SANTA CLAUS

登場人物

ゆきみ
すずこ
芥川　（芥川龍之介）
太郎　（平井太郎、後の江戸川乱歩）
警部　（菊池）
サヨ　（有島小夜子・フミの同級生）
フミ　（塚本文・芥川の婚約者）
ハナ　（有島家のメイド）
ミツ　（有島家のメイド）
巡査　（久米）
奥様　（有島清子・サヨの母）
監督

1

プッシュホンで電話をかける音。相手をコールする音。
やがて、受話器を持ったゆきみが浮かび上がる。
と、相手が受話器を取る音。

声　はい、すずこです。大変申し訳ありませんが、ただ今、外出しています。だって、今夜はクリスマス・イブですよ。私みたいなカワイコちゃんが、家にいるわけないでしょう？　今夜は彼と横浜でデート。中華街で食事をして、ランドマークタワーのスカイラウンジでカクテルを飲んで、その後はウフフ。というわけで、帰りはかなり遅くなると思います。ひょっとすると、朝になるかもしれません。ですから、ご用の方はまた明日かけ直してください。お急ぎの方は、この後にピーッて発信音が鳴ってから、お名前と電話番号を吹き込んでおいてください。帰り次第、連絡します。それでは、あなたも素敵なクリスマスを。ピーッ。

ゆきみ　ゆきみです。別に用はなかったんだけど、どうしてるかなと思って——

声　何だ、ゆきみ？

ゆきみ　え？　そうですけど……。

声　だったら、先にそう言ってよ。あー、カッコつけて、損した。

ゆきみ　すずこ、あんた、そこにいるの？　てことは今のは録音じゃなくて——

受話器を持ったすずこがやってくる。

すずこ　生よ。騙して悪かったわね。

ゆきみ　おかしいと思ったんだ。彼氏ができたなんて話、聞いてなかったし。

すずこ　仕方なかったのよ。いい年した女が、一人で家にいたら、淋しすぎるでしょう？　だから、見栄を張ったの。

ゆきみ　なるほどね。そうしたくなる気持ちは、私にもわかるなあ。

すずこ　ということは、ゆきみも一人？

ゆきみ　すずこもそうじゃないかと思って、電話したんだ。

すずこ　よし、淋しい者同士、おでん屋でも行って、朝まで飲もうか。

ゆきみ　そんなことをしたら、余計に淋しくなるよ。

すずこ　じゃ、カラオケでも行って、朝まで歌う？

ゆきみ　ねえ、すずこ。いくら彼氏がいないからって、お酒やカラオケに逃げるのはやめない？　発想を一八〇度転換して、もっと前向きなことをしようよ。

すずこ　前向きって？

ゆきみ　たとえば、二人で映画を見に行くとか。

すずこ　バカじゃないの。
ゆきみ　どうして映画を見るのがバカなのよ。
すずこ　あのね、今夜はクリスマス・イブなのよ。東京中の映画館の客席は、アベックでいっぱいよ。
ゆきみ　そうか。
すずこ　そんな所へ女二人で入ってみなさい。目立つわよ。
ゆきみ　でも、映画によっては、アベックが行かないのもあるんじゃない？
すずこ　『ドラえもん』とか？
ゆきみ　そんなの見たくない！　私が言ってるのは、デートのダシに使われるような軟弱な映画じゃなくて、もっと芸術的な映画よ。
すずこ　私、パス。そんなの見に行ったって、寝ちゃうに決まってる。家でテレビでも見てる方がずっとマシ。
ゆきみ　一人で家にいたって、何も始まらないよ。
すずこ　女二人で映画を見に行って、何が始まるのよ。
ゆきみ　何かよ。
すずこ　何かって、何よ。
ゆきみ　たとえば、カッコいい男に声をかけられるとか。
すずこ　そんなにうまく行くかな。
ゆきみ　出会いっていうのは、意外な所に転がってるものなの。とにかく、今は行動を起こさなくちゃ。
すずこ　でも、芸術的な映画って、暗くて静かな映画のことでしょう？

ゆきみ　普通はね。でも、私が行こうって言ってる映画は全然違うの。この前、予告編を見た時、絶対おもしろいって確信したんだ。

すずこ　ふーん。で、題名は？

ゆきみ　『ハイカラ探偵物語』

ゆきみがマイクを取り出す。

ゆきみ　物語の舞台は、大正五年。つまり、今からちょうど八十一年前のクリスマス・イブ。

ハナとミツが飛び出す。ミツは封筒を持っている。

ゆきみ　東京麻布に邸宅を構える華族・有島家に、一通の手紙が届いた。

ハナ・ミツ　（奥に向かって）奥様！

そこへ、奥様が飛び出す。

奥様　何ですか、二人とも大きな声を出して。

ミツ　郵便受けにこんな物が。（と封筒を奥様に渡す）

ハナ　（奥様に）切手もなければ、差出人の名前もないんです。そのかわり、裏に黒い蜥蜴の紋様が。

奥様　（封筒から便箋を取り出し、読む）「前略、御尊父有島伯爵が独逸にて求められたる宝石、『ラインの雫』の真の所有者は我輩なり。よつて来る十二月二十五日午前零時、戴きに参上仕る。怪盗黒蜥蜴」。ウッ！（と気を失う）

ハナ・ミツ　奥様！（と体を支える）

ゆきみ　早速、警視庁から駆けつけたのが、捜査一課の菊池警部。

そこへ、警部が飛び出す。

警部　ご安心ください、奥さん。「ラインの雫」は、必ず私が守ってみせます。

奥様　でも、どうやって？

警部　午前零時の一分前に、私が宝石を飲み込むんです。すると午前零時には、胃にあるのか腸にあるのか、飲んだ私にもわからない。

奥様　ウッ！（と気を失う）

ハナ・ミツ　奥様！（と体を支える）

警部・ハナ・ミツ・奥様が去る。反対側から、サヨが飛び出す。

ゆきみ　その話を廊下で立ち聞きしていたのは、有島家の令嬢・小夜子。

サヨ　あんな情けない男に、「ラインの雫」が守れるわけないわ。もっと頭のいい人に頼まないと。

ゆきみ　そして、女学校の同級生、塚本文に相談を持ちかけた。

そこへ、フミが飛び出す。

サヨ　フミちゃん、あなたのフィアンセ、作家でしょう？　作家だったら、黒蜥蜴がどうやって宝石を盗むつもりか、わかるんじゃない？　黒蜥蜴を主人公にして、小説を書くつもりになれば。

フミ　まさか、龍之介さんに探偵をやれって言うの？

サヨ　フミちゃんが頼めば、きっとウンて言ってくれるわ。だから、お願い。

フミ　でも、龍之介さんは今、忙しいのよ。

サヨ　そう言わずに、お願い。（と右手を振り上げる）

フミ　（奥に向かって）龍之介さん！

そこへ、芥川が飛び出す。

ゆきみ　ついに出ました。彼こそはこの映画の主人公。芥川龍之介、二十五歳。この年の二月に発表した小説『鼻』が夏目漱石に激賞され、今や飛ぶ鳥も落とす勢いの新進作家。

フミ　というわけなんです、龍之介さん。

龍之介　わかった。僕に任せてくれ。と言いたいところだが、一人では自信がない。だから、友達を

サヨ　一人、連れていってもいいかな？
芥川　友達って？
太郎君！

そこへ、太郎が飛び出す。

ゆきみ　彼こそはこの映画のもう一人の主人公。エドガー・アラン・ポーに心酔し、いずれは日本で最初の探偵作家になろうと企んでいる男。平井太郎、二十二歳。後の、江戸川乱歩だ。
芥川　というわけなんだ、太郎君。
太郎　ぜひとも協力させてください。僕とあなたが組めば、きっと黒蜥蜴に勝てますよ。さしずめ、僕がシャーロック・ホームズで、芥川さんがワトソンですね。
芥川　いや、ワトソンは君で、ホームズは僕だ。これだけは譲れない。
太郎　頑固だな、芥川さんは。（と芥川を小突く）
芥川　頑固は君の方だろう、ワトソン君。（と太郎を小突く）
太郎　その呼び方はやめてください。僕の名前は平井太郎です。（と芥川を小突く）
芥川　知ってるよ。しかし、僕の心の中ではワトソン君だ。（と太郎を小突く）
サヨ　（芥川と太郎の間に入って）いい年して、喧嘩しないの。二人ともホームズでいいじゃない。

そこへ、警部・ハナ・ミツ・奥様が飛び出す。

ゆきみ　芥川が走る。太郎が跳ぶ。怪盗黒蜥蜴を追いかけて、大正五年のクリスマス・イブを駆け抜ける。若き日の二大文豪が繰り広げる、愛と感動の青春ミステリー、『ハイカラ探偵物語』。

太郎　教えてください、芥川さん。この中の、誰が犯人なんですか？

芥川　犯人は……。

太郎　犯人は？

芥川　犯人は……。

七人　犯人は？

ゆきみ　それは、見てのお楽しみだ。乞うご期待！

芥川・太郎・警部・サヨ・フミ・ハナ・ミツ・奥様が走り去る。

すずこ　つまんない。

ゆきみ　そう？

すずこ　私、この映画の原作、読んだ。全然おもしろくなかった。

ゆきみ　本当に？　じゃ、犯人が誰か、知ってるんだ。

すずこ　犯人はね――

ゆきみ　言わないでよ。見ながら推理する楽しみがなくなるじゃない。

すずこ　それはあんまり期待しない方がいいと思うよ。犯人は、事件が起こる前にわかっちゃうから。

ゆきみ　すずこにはわかってても、私にはわからないでしょう？
すずこ　わかるわかる、猿でもわかる。こんなの映画にしたがる人の気が知れない。
ゆきみ　予告編は凄くおもしろかったのに。
すずこ　それが予告編の恐ろしい所なのよ。実際、全部見てみると、おもしろいのは予告編で見たシーンだけなの。特に、アクションものはこの傾向が強い。
ゆきみ　この映画はミステリーだから、大丈夫よね。
すずこ　ミステリーっていうのは謎解きなのよ。猿でも解ける謎が、謎って呼べる？　役者だってロクなのが出てないし。
ゆきみ　そんなことないよ。芥川龍之介は西川浩幸がやってるのよ。
すずこ　あんた、あんなのが好きなの？
ゆきみ　大好き。芥川にはピッタリだと思わない？
すずこ　どこが？　芥川って、結構背が高かったのよ。西川の倍はあったんじゃない？
ゆきみ　それはさすがに言いすぎじゃない？
すずこ　要するに、あんたは映画の中身なんかどうでもいいんでしょう？　西川浩幸が見たいだけなんでしょう？
ゆきみ　上川隆也もちょっと見たいよ。
すずこ　だったら、ビデオになった時、一人で見ればいいじゃない。
ゆきみ　スクリーンの方が、顔が大きく映るじゃない。
すずこ　バカじゃないの。

ゆきみ　映画を見終わったら、食事をおごるからさ。
すずこ　それなら、話は別よ。で、待ち合わせの時間と場所は?
ゆきみ　午後七時、池袋のシネマサンシャインの入口で。
すずこ　オーケイ。

すずこが去る。

ゆきみ　……て約束したのに、もう十五分も過ぎちゃった。もう映画、始まってるよ。まさか、約束をすっぽかすつもりじゃないでしょうね?　でも、さっき電話した時は、誰もいなかったもんな。こっちに向かってるってことは間違いないんだ。どうしよう。早く入らないと、話がわかんなくなっちゃうよ。すずこは原作読んでるからいいけどさ。わかった。映画が終わった頃に現れて、食事だけおごらせようってハラなんだ。なんてセコイ女だろう。いけないいけない。クリスマス・イブに、友達を疑うなんて。でも、こんな寒い中、十五分も立ってたら、疑いたくもなるよ。いいや。どうせ待つなら、暖かい所で待とう。映画でも見ながら。

ゆきみが去る。

2

警部がやってくる。後を追って、巡査がやってくる。

巡査　警部殿、一つご相談したいことがあるんですが。
警部　何だ、この忙しい時に。
巡査　今、玄関に、男が二人、来てるんです。「こんな時間に何の用だ」と聞くと、「黒蜥蜴を捕まえに来た」と。
警部　民間人に協力を頼んだ覚えはない。すぐに追い返せ。
巡査　しかし、二人をここへ呼んだのは、小夜子さんらしいんです。
警部　あのワガママなお嬢さんか。小夜子さんには、後で私から注意しておく。だから、すぐに引き取ってもらえ。
巡査　しかし、二人のうちの一人は、芥川龍之介なんです。
警部　誰だ、そいつは。
巡査　ご存じないんですか？　最近売り出し中の作家ですよ。先日亡くなった夏目漱石の弟子で、いずれは日本の文壇を背負って立つと言われている俊才です。しかも、なかなかの男前。

警部　私と比べたら、どっちが上だ。正直に答えろ。
巡査　怒らないと約束してくれますか。
警部　約束しない。怒りたい時に怒り、泣きたい時に泣く。これが私のモットーだ。
巡査　警部殿の圧倒的大勝利です。
警部　よし。（と懐中時計を出して）予告の時間まで、あと十分だ。芥川だか何だか知らんが、いちいち相手をしている暇はない。一分以内に、屋敷の外へ叩き出せ。
巡査　はっ！（と敬礼する）

そこへ、サヨとフミがやってくる。フミは手帳を持っている。

サヨ　（巡査に）ちょっと待ちなさい。あなた、名前は？
巡査　私の名前ですか？　久米寛太郎ですが。
サヨ　生年月日と出身地と趣味は？
巡査　生年月日は明治二十四年の三月十六日、出身地は大阪です。趣味は……。どうしてこんなことを聞くんですか？
サヨ　あなたのことがもっと知りたいから。というわけでは決してないわ。リストを作るためよ。
巡査　リストって？
フミ　この屋敷にいらっしゃってるおまわりさんのリストです。（と手帳を見て）久米さんでちょうど三百人ですね。

サヨ　応接間に一人、書斎に二人、トイレットに三人。警察が丸ごと引っ越してきたみたいで、息もつけないわ。

警部　敵は天下の黒蜥蜴です。警備を厳重にするのは当たり前のこと。

フミ　でも、三百人もいたら、一人ぐらいニセモノが紛れ込んでも、気がつかないんじゃないですか？

警部　警察をなめてもらっては困りますな。この屋敷に来ている警察官は、すべて久米巡査がチェックしています。そうだろう、久米巡査。

巡査　私はてっきり、警部殿がチェックなさっていると。

サヨ　やっぱり、私の思った通りね。だから、フミちゃんとリストを作ってたのよ。

巡査　すいません、そのリストを貸してもらえませんか？

警部　バカ者！　すぐに総員点呼を取れ。いや、それではもう間に合わん。おまえの顔見知り以外は、すべて外へ叩き出すんだ！

巡査　はっ！（と敬礼する）

巡査が走り去る。反対側から、ハナ・芥川・太郎がやってくる。

ハナ　お嬢様、芥川さんがいらっしゃいました。

芥川　悪かったね、遅くなっちゃって。

警部　（ハナに）こらこら。誰が中に入れていいと言った。

ハナ　でも、お嬢様がそろそろいらっしゃるはずだから、お出迎えに行けって。
警部　（サヨに）勝手なことをされては困りますな。私の許可なしに部外者を入れるなと、口が酸っぱくなるほど言ったのに。
サヨ　あら、この人たちは部外者じゃないわ。私の大切なお客様よ。
警部　たとえお客様でも、疑ってかかる必要がある。何しろ、黒蜥蜴は変装の名人ですからな。
フミ　この人は黒蜥蜴なんかじゃありません。
サヨ　そうよ。この人はフミちゃんのフィアンセで、最近売り出し中の――
警部　芥川龍之介さんはどちらです。
芥川　僕ですが。
警部　やっぱりあんたか。作家というのはなぜか皆、胃の悪そうな顔をしている。一目でピンと来ましたよ。
芥川　そういうあなたは、警視庁からおでましの警部殿と言ったところですか。
警部　わかりますか。
芥川　その髭は海軍の将校や警察のお偉方に多い。が、海軍だったら、もう少し礼儀をわきまえているはずだ。
警部　そういうあんたも礼儀を知らんようですな。まあ、小説なんぞは所詮、ただのホラ話だ。ホラを吹いて金を取ろうなんて、恥ずかしいと思わんのか。
芥川　思いません。一編の小説が、一人の人間の一生を変えることもある。
警部　その科白は、夏目漱石ぐらいのものが書けるようになってから、口にした方がいい。

太郎　あなたは、芥川さんの小説を読んだことがあるんですか?
警部　私は、駆け出しの作家には興味がないんでね。
太郎　読めば、あなたにだってわかる。芥川さんには、漱石先生に負けないぐらいの才能があるんだ。
芥川　やめたまえ、太郎君。
太郎　しかし——
警部　そういうあんたは何者なんだ。こちらと同じ駆け出しかね。
太郎　僕は芥川さんの友人です。いずれは、小説を書きたいと思っていますが。
警部　なんだ、ただの作家志望か。そんな男に、才能のあるなしがわかるとも思えんが。
サヨ　それ以上言うと、横っ面を張り飛ばすわよ。
ハナ　(サヨを押さえて)やめてください、お嬢様。
サヨ　でも、こんなヤツにバカにされたら、悔しいじゃない。
フミ　我慢して、サヨちゃん。龍之介さんも太郎さんも我慢してるんだから。
警部　(芥川に)一つだけ忠告しておこう。黒蜥蜴は希代の怪盗だ。素人探偵に歯が立つ相手ではない。恥をかく前に、退散した方が身のためだ。

そこへ、奥様とミツがやってくる。

奥様　どうしましょう、警部さん。予告の時間まで、あと五分しかないわ。

サヨ　お母様、落ち着いて。
奥様　大丈夫よ、サヨちゃん。私がしっかりしていなければ、天国のお父様に叱られるもの。ウッ！（と気を失う）
ハナ・ミツ　奥様！（と体を支える）
奥様　……サヨちゃん。私がいなくなっても、一人で生きていけるわね？
サヨ　お母様、死なないで。「ラインの雫」はまだ盗まれてないのよ。
警部　奥さん、宝石はどこです。ちょっと見せてください。
奥様　宝石でしたら、今朝から肌身離さず。（と箱を取り出す）
ミツ　待ってください、奥様！（と箱を押さえて）あなた、本当に警部さん？
警部　ハッハッハッ！　いくら黒蜥蜴が変装の名人だって、こんな男前にはなれませんよ。
ミツ　（奥様に）ホンモノのようです。
警部　（奥様に）念のために、中身を調べてください。宝石はホンモノですか？
奥様　（蓋を開いて）間違いありません。父の形見の「ラインの雫」です。
警部　よろしい。宝石は確かにこの箱の中にある。黒蜥蜴が狙っているのは、この箱なんだ。久米巡査！

そこへ、巡査がやってくる。袋を持っている。

警部　例の物を皆さんにお配りしろ。

巡査　ハッ！（袋の中から箱を取り出し、一人に一個ずつ配り始める）
太郎　一体何を始めるつもりです
警部　皆さん、よく聞いてください。今から、黒蜥蜴を逮捕するための奥の手をご説明します。
サヨ　（箱を受け取って）これが奥の手？
フミ　（蓋を開けて）中は空っぽ。
警部　奥さん、さっきの箱を見せてください。
奥様　（箱を出して）同じだわ。みんな、私の宝石箱だわ。ウッ！（と気を失う）
ハナ・ミツ　奥様！（と体を支える）
芥川　警部さん。こんなものを配って、どうしようっていうんですか。
警部　ハッハハッハッ！　素人探偵には、私の作戦など思いも寄らんらしい。いいですか？　午前零時に黒蜥蜴が現れる。目指すは奥さんの宝石箱だ。シメシメと言って、手を伸ばすでしょう。ところが、ふと横を見ると、みんながみんな、同じ箱を持っている。これは困った。黒蜥蜴は悩みますな。一つ一つ開けて確かめようかしら。それとも、自分のクジ運を信じて、一つだけ選ぼうかしら。この一瞬の迷いが命取り。すかさず、私が手錠をかける。これにて一件落着です。
太郎　少しも迷わずに、九つ全部盗まれたらどうするんですか。
警部　何をバカなことを。他のはともかく、私の箱は絶対に盗ませません。
太郎　あなたの箱は空っぽじゃないですか。
芥川　なかなかの名案じゃないですか。確かに、宝石の入っている箱がわからなかったら、九つ全

警部　部を盗まざるを得ない。私のを盗もうとしたところで、エイヤーと投げ飛ばされる。こう見えても、私は柔道五段ですからな。

芥川　しかし、黒蜥蜴があらかじめこの計画を知っていたら、警部さんの負けですね。

警部　どうして知ってるんだ。知ってるのは、ここにいる人間だけなのに。

太郎　芥川さん、午前零時十秒前です。

芥川　ここにいる九人の中に黒蜥蜴がいれば、すべては無駄だということです。

警部　まさか！

芥川　と気づいても、もう遅い。時間ですよ、警部さん。

一瞬で暗くなる。

警部　何だ何だ、停電か？

サヨ　バカね、黒蜥蜴よ。

太郎　動くな！　明るくなるまで、動いちゃいけない！

奥様　アーッ！

ハナ　奥様！

サヨ　お母様、どうしたの？

奥様　返して！　私の宝石を返して！

警部　さては、黒蜥蜴か？

笛の音。

警部　何だ、今の音は。
巡査　私が笛を吹いたんです。
警部　でかしたぞ、久米巡査。屋敷の周りは警官でいっぱいだ。いくら黒蜥蜴だって、絶対に逃げられん。
サヨ　そうかしら。簡単に入ってこられたんだもの、簡単に出ていけるんじゃない？

明るくなる。奥様が倒れている。

ハナ　奥様！
奥様　宝石が！　私の宝石が！

太郎が、床に落ちていた宝石箱を拾い、蓋を開ける。中は空っぽ。

太郎　やられた！
警部　どこだ、黒蜥蜴！　どこだ！

太郎　もうこんな所にはいませんよ。今頃は、屋敷の外へ逃げ出してるでしょう。
芥川　いや、犯人はまだこの部屋の中にいる。
警部　そうか。どこだ、黒蜥蜴！　どこだ！
サヨ　見ればわかるでしょう？　私たちだけよ。
芥川　暗くなると同時に、僕はこのドアの前に立ちました。ノブを握りしめて、誰一人通さなかった。
太郎　しかし、まだ窓がある。
芥川　フミちゃん、窓を見て。鍵はかかってるかい？
フミ　かかってます、二つとも。
芥川　太郎君は？
太郎　こっちもかかってます。
芥川　窓から逃げ出した人間が、外から鍵をかけることはできませんよね？
サヨ　つまり、暗くなってる間は、誰もこの部屋から出なかったのね？
芥川　そうです。だから、犯人はまだこの部屋の中にいる。
警部　よし、身体検査だ。全員、ここで裸になれ。
芥川　ちょっと待ってください。ここにはご婦人もいらっしゃるんですよ。
警部　構うものか。裸にならなければ、誰が黒蜥蜴かわからんだろう。
芥川　いや、僕にはもうわかっている。
警部　まさか。

太郎　教えてください、芥川さん。この中の、誰が犯人なんですか？
芥川　犯人は……。
太郎　犯人は？
警部　私じゃないぞ。
サヨ　知ってるわよ。
芥川　犯人は……。
太郎　犯人は？
芥川　犯人は……。
太郎　犯人は？
芥川　犯人は……。
七人　……犯人は？
芥川　あれ、おかしいな。ちょっと失礼。（と周囲を見回し）あれ？
太郎　どうしたんです、芥川さん。
芥川　確かにこの部屋の中にいたはずなんだけど。（と周囲を見回し）あれれ？
太郎　焦らさないで教えてくださいよ。犯人は誰なんですか？
芥川　いないんだよ。どこかへ逃げちゃったんだ。
サヨ　バカなこと言わないでよ。この部屋から誰も出てないって言ったのは、芥川さんなのよ。
芥川　だってだって、皆さん、箱を出してください。全部で八つですよね？　でも、暗くなる前はいくつありました？

巡査　私が持ってきたのが八つですから、全部で九つ。

サヨ　てことは、やっぱり逃げたの？　でも、どこへ？

芥川　外へだ。

太郎　だから、外へは誰も出られなかったんでしょう？

芥川　この部屋の外じゃない。この映画の外、銀幕の外だ。

七人　銀幕の外？

八人が客席を見る。

3

ゆきみが飛び出す。

ゆきみ 銀幕の外？
警部 芥川君、君は一体何を言ってるんだ。銀幕とは何だ。
芥川 とぼけるのはやめてください、警部さん。僕らの映画の危機なんですよ。
警部 映画とは何だ。下手な冗談で、自分の失敗をごまかすんじゃない。
芥川 ごまかしてるのはあなたの方でしょう。
警部 私がいつごまかした。
芥川 黒蜥蜴がいなくなったのに、無理やり話を続けようとしてるじゃないですか。
警部 途中でやめるわけにはいかんだろう。お客さんが見てるのに。
ゆきみ ちょっと。あの人、何を言ってるの？
フミ でも、このまま続けたら、かえって話が変になるんじゃないですか？
サヨ そうよ。この場面は、芥川さんの名推理で、黒蜥蜴が逮捕されて終わるはずでしょう？
奥様 そうよそうよ。「ラインの雫」は私の手に戻るのよ。

ハナ　でも、次の場面で、黒蜥蜴は脱走するんです。警部さんに連行されて、警察へ向かう途中で。
奥様　そして再び黒蜥蜴から、第二の予告状が送られてくるの。
サヨ　芥川対黒蜥蜴。この二人の対決で、映画は盛り上がっていくんでしょう？　黒蜥蜴がいなくなったら、盛り上がりようがないじゃない。
警部　仕方ないだろう、いなくなっちまったものは。
サヨ　仕方ないじゃ済まないわよ。犯人がいなくちゃ、ミステリーにならないじゃない。
警部　悪役だったら、この私が。
サヨ　警察の人間が、どうして悪役になるのよ。
警部　意外性があって、おもしろいんじゃないかな。
巡査　いや、意外性だったら、僕の方が。
サヨ　あんたが悪役なんて、十年早いわよ！
ゆきみ　何だか、喧嘩してるみたい。
芥川　喧嘩してる場合じゃないですよ。黒蜥蜴がいなくなった以上、話を進めることはできない。とすれば、何とかして連れ戻すしかないんだ。そうだろう、太郎君？
太郎　問題は「ラインの雫」ですよ。
芥川　そうか。「ラインの雫」は、黒蜥蜴が持っていってしまったんだ。
太郎　悪役は、誰かが代わりにやれば、何とかなるかもしれない。しかし、悪役のほしがるような宝石がなくては、事件が始まらないでしょう。
ハナ　奥様、他に宝石は持ってないんですか？

奥様　持ってるけど、みんな安物よ。「ラインの雫」は、時価五十万円もするのよ。
ハナ　五十万円？
奥様　でも、値段なんか関係ない。私にとっては、お父様からいただいた、大切な形見なの。なんとかして、取り戻してほしいわ。
芥川　とすれば、僕らのやるべきことは、一つしかない。
フミ　まさか、外へ？
芥川　その通り。「ラインの雫」を取り戻すには、黒蜥蜴を追いかけて、銀幕の外へ行くしかないんだ。
フミ　そんなの、危険です。
芥川　危険は百も承知さ。
警部　お客さんはどうなるんだ。映画はやっぱり、銀幕の中でやらないとまずいだろう。
芥川　客席を見てください。客なんて、あの子一人しかいないじゃないですか。

八人がゆきみを見る。

ゆきみ　あの子って、まさか、私のこと？
芥川　そうだ。君だ。
ゆきみ　（周囲を見回して）やっぱり私よね？　他に誰もいないよね？
芥川　誰もいないさ。この映画は人気がないんだから。昼はまだしも、夜七時の回は、いつもガラ

サヨ　ガラなんだ。
ゆきみ　でも、昨日までは、十人ぐらいは入ってたわ。
芥川　今夜はクリスマス・イブだから。
ゆきみ　最初の場面で登場したら、一人もいないじゃないか。何も言わずに、退場しようかと思った。
芥川　ごめんなさい。私も最初から見たかったんだけど。
ゆきみ　だったら、どうして見なかったんだ。誰もいない客席に向かって演技するのがどんなに虚しいか、君にはわからないのか。
芥川　私は時間通りに来たのよ。でも、すずこのバカが来ないから。
サヨ　すずこのせいにするんじゃない。遅刻したのは君だろう。
芥川　芥川さん、落ち着いて。
警部　いいですか、警部さん。この回は、彼女一人のための上映なんです。彼女にも、一緒に黒蜥蜴を追いかけてもらえば、話がわかってもらえます。
サヨ　あんな娘のために、危険を冒すのか？
警部　警部のくせに、何が危険よ。
ハナ　外の世界は、我々がいる世界とはまるっきり違うんだぞ。毎日、客席を見ていればわかるだろう。
奥様　時代が違うみたいですね。こっちより、大分先に進んでるみたい。
風紀はかなり乱れてるわ。あなた方、見ました？　若い男女が肩を寄せ合って、手なんか握り合ってたの。

警部　私はもっと凄いのを見ましたぞ。
ハナ　どんなのどんなの？
警部　女が男に顔を近づけて、甘えた声で「チューして」などと。
ゆきみ　それぐらい普通よ。「チューして」ぐらいで、どうして危険なのよ。
太郎　一番危険なのは、僕らには時間がないってことさ。
ゆきみ　時間て？
太郎　この映画の上映時間は百二十分。エンドマークまで、残りはわずか九十分。その間に銀幕の中に戻らないと……。
サヨ　どうなるのよ。
太郎　消えてなくなる。僕らの体は光でできてるんだから。
サヨ　それは本当に危険だわ。
芥川　黒蜥蜴だって同じだ。あいつが消えてなくなるのは構わないが、「ラインの雫」まで消えてしまったら、取り返しのつかないことになる。
フミ　話を変えたらどうかしら。龍之介さんに考えてもらって。
芥川　宝石もないのに？
フミ　探偵小説には、宝石の出てこない話だってあるでしょう？
芥川　しかし、いきなり考えろって言われても……。
フミ　それじゃ、太郎さんは？
太郎　僕だって、無理ですよ。僕が明智小五郎を書くのは、六年も先の話だし。

サヨ　やっぱり黒蜥蜴を連れ戻すしかないのね。
芥川　よし、決まった。行こう、太郎君。
太郎　僕も？
芥川　この映画のテーマは、男と男の友情だからね。
警部　それなら私も行かなくては。
フミ　私も行きます。
芥川　フミちゃんはダメだ。君を危険な目に遇わせるわけにはいかない。
フミ　私だって、何かの役に立ちます。
芥川　それなら、ここで待っていてほしい。自分を待つ人がいると思うと、何が何でも帰ろうという気持ちになる。
太郎　いいなあ、一人だけ。
警部　なあに、我々だって外へ出れば、若い娘がよりどりみどりだ。
芥川　女の子を口説いてる暇なんかないですよ。さあ行きましょう、銀幕の外へ。

芥川・太郎・警部が外へ出る。

ゆきみ　あーあー！　本当に出てきちゃった！
芥川　さて、お嬢さん、お名前は？
ゆきみ　ゆきみです。

芥川　よろしくゆきみさん。僕らの名前は、すでにご存じですよね？
ゆきみ　（芥川の周りを回って）ちゃんと体に厚みがある。
太郎　当たり前ですよ。映画っていうのは、正面から撮ったり、横から撮ったりするんだから。
ゆきみ　（芥川に）あの、私、前からファンだったんです。
芥川　それはどうも。僕の小説、読んでくれましたか？　『羅生門』とか『鼻』とか。
ゆきみ　そうじゃなくて、私は西川さんのファンなんです。
芥川　僕は西川じゃありません。芥川ですよ。
ゆきみ　だから、芥川の役をやっている西川さんでしょう？
芥川　君から見ればそうかもしれない。しかし、映画の中で生きている僕は、正真正銘、大正五年当時、二十五歳だった芥川龍之介なんです。
　　（ゆきみに）それであなた、黒蜥蜴が銀幕から逃げ出すところは見なかったんですか？
太郎　真っ暗だったから。
ゆきみ　ヤツめ、どこへ行ったんだ。
警部　どこへ行ったかを考える前に、なぜ外へ出たかを考えるべきでしょう。
芥川　そんなの、捕まりたくなかったからに決まってるじゃない。
サヨ　しかし、すぐに脱走できるだろう。
芥川　それはそうだけど、結局、最後の場面では、芥川さんに追い詰められて自殺するのよ。
サヨ　死にたくないから逃げ出したのね？
ゆきみ　確かに最後は死ぬけど、映画は人生と違って繰り返しがきく。また次の上映では生き返るん
芥川

だ。
サヨ　でも、また死ぬのよ。
ハナ　毎日五回も六回も死ぬんだもの。辛かったでしょうね。
太郎　彼女がそう言ってたんですか？
ハナ　私は、あの人と話をする場面がなかったから。
ゆきみ　ちょっと待ってよ。黒蜥蜴って、女なの？
警部　何だ、まだ気づいてなかったのか？
ゆきみ　だって、誰が黒蜥蜴か、言ってくれないんだもの。
警部　よく思い出してみろ。停電になる前はいたのに、今はいない人物。
ゆきみ　わかった。おまわりさん！
巡査　私はここにいますよ。
ゆきみ　いたの？　ごめん、気がつかなかった。おまわりさんじゃないとすると。
奥様　ほら、（とハナを指して）この子と同じ恰好をした子が、もう一人いたでしょう。
ゆきみ　そう言えば、いたわね。奥さんが気を失うたびに、必死で体を支えてた人。何て名前だったっけ？
奥様　ミツっていうのよ。あの子が黒蜥蜴だったなんて、主人の私でさえ、気がつかなかったわ。
ゆきみ　私も全然気がつかなかった。私は太郎さんをマークしてたのに。
太郎　どうして僕なんですか。
ゆきみ　だって、「黒蜥蜴は意外な人物に化けている」って言うから。

太郎　僕は後の江戸川乱歩なんですよ。乱歩が泥棒だったなんて、あまりに意外すぎますよ。
芥川　しかし、半分は当たってるじゃないか。
ゆきみ　半分て？
芥川　太郎君は、次の場面で黒蜥蜴を逃がすんだ。僕を裏切って。
ゆきみ　え？　どうして？
太郎　黒蜥蜴は、十年前に行方不明になった、僕の姉だったんです。
フミ　龍之介さん。早くしないと、時間が。
芥川　そうだった。太郎君、警部さん、ゆきみさん。出発しましょう、夜の東京へ。

ゆきみ・芥川・太郎・警部が走り去る。

4

すずこがやってくる。文庫本を持っている。

すずこ　（時計を見て）あ、もう三十分も過ぎちゃってる。ゆきみのヤツ、怒ってるだろうなあ。（本を見て）これ読み始めたら、止まんなくなっちゃってさ。そんなの言い訳にならないか。どうせ怒られるなら、思いっきり遅刻しちゃおうかな。映画が終わる時間まで、ブラブラしてくるか。でも、九十分て結構長いよ。やっぱり我慢して見ようかな。我慢？　クリスマス・イブに、どうして我慢しなくちゃいけないわけ？　大体私はこんな映画、見たくなかったのよ。ゆきみの言葉に、つい乗せられちゃったのよね。「カッコイイ男に声をかけられるかもしれない」なんてさ。駅からここまで、誰も声をかけてこなかった。当たり前よ。日本中のいい男は、今夜は忙しいの。一人でブラブラしてるのは、ろくでもない残りカスだけなの。

そこへ、ミツが飛び出す。すずことぶつかり、本が地面に落ちる。

すずこ　痛い！
ミツ　すいません。（と本を拾い、すずこに返そうとして、手を止める）
すずこ　ちょっとあんた、本、返してよ。
ミツ　これ、あなたの本ですか？
すずこ　だから、返してって言ってるの。
ミツ　『ハイカラ探偵物語』って、ここでやってる映画と同じ題名ですね。
すずこ　原作だもん。
ミツ　原作？
すずこ　この映画は、その本をもとにして作られたの。
ミツ　映画の話が、そっくりそのまま、この本の中に書いてあるんですか？
すずこ　そっくりかどうかはわかんないけどさ。
ミツ　違うんですか？
すずこ　それをそのまま映画にしたら、五時間も六時間もかかっちゃうでしょう？　二時間ぐらいにするために、かなり削ってあると思うよ。
ミツ　そんなことして、話がうまくつながるんですか？
すずこ　どうだった？　あんた、今、見てきたんでしょう？
ミツ　私は見てませんよ。
すずこ　だって、今、中から出てきたじゃない。
ミツ　私は見る方じゃなくて、見られる方なんです。

すずこ　何よ。あなた女優さん？　ひょっとして、この映画に出てるの？
ミツ　ええ、まあ。
すずこ　それなら、私に聞かなくてもわかるでしょう？　やりながら、「このシーンおかしい」とか「こんな科白言わない」とか思わなかった？
ミツ　そう言えば。
すずこ　でしょう？　もとの小説からして、かなり無理があったんだもん。いくら脚本で変えたって、ダメなものはダメなのよ。ま、犯人を変えるとかすれば、話は別だけど。
ミツ　ちょっと待ってください。原作と映画では、犯人が違うんですか？
すずこ　今のは極端な話。まさか、犯人までは変えてないと思うけど。
ミツ　この本の中では、誰だったんですか？
すずこ　決まってるじゃない、黒蜥蜴よ。
ミツ　黒蜥蜴の正体は誰だったんですか？
すずこ　誰だっけ？
ミツ　覚えてないんですか？
すずこ　ちょっと見せて。（と本を取って）なんか、目立たない役の人だったのよね。その目立たないって感じが、いかにも犯人ぽくて怪しかったのよ。
ミツ　やっぱりミツですか？
すずこ　ミツ？
ミツ　有島家のメイドのミツですよ。

すずこ　そう言えば、そんな名前だったかもしれない。ほらほら、ここに書いてある。（と本を読む）「犯人は君だ」「まさかミツ、おまえがウッ！」「ブワッハッハッハッ！　よくわかったな、芥川君」

ミツ　違うんです。

すずこ　え？

ミツ　ミツは犯人じゃないんです。

すずこ　それじゃ、映画の方は違う犯人だったの？

ミツ　いいえ、映画の犯人もミツです。でも、本当は違うんです。

すずこ　どういうこと？

ミツ　犯人は別にいるんです。それなのに、ミツが犯人扱いされて、話が先に進んでしまうんです。

すずこ　でもこの人、自分が犯人だって認めてるじゃない。「ブワッハッハッハッ！　よくわかったな、芥川君」て。

ミツ　それは、そう言ってくれって、黒蜥蜴に頼まれたから。

すずこ　てことは、黒蜥蜴は別にいたの？　芥川龍之介の推理は間違ってたの？

ミツ　それなのに、映画は間違ったまま進んで、間違ったまま終わってしまうんです。ミツは黒蜥蜴に仕立て上げられて、最後には自殺してしまうんです。

すずこ　かわいそう。

ミツ　そうでしょそうでしょ？　かわいそうでしょう？

すずこ　でもさ、どうしてあんたがそんなこと知ってるわけ？

ミツ　だって、私がそのミツなんですから。
すずこ　なんだ。あなた、ミツをやったの。
ミツ　そうじゃなくて、私はミツなんです。
すずこ　だから、ミツの役をやったんでしょう？
ミツ　役じゃなくて、私はホンモノのミツなんです。黒蜥蜴にされて死ぬのが我慢できなくて、映画の中から逃げてきたんです。
すずこ　今、何て言った？
ミツ　助けてください。私はもう死にたくない。

ゆきみ・芥川・太郎・警部がやってくる。

太郎　死にたくないと思った人間が、まず最初に行く場所はどこでしょう？
警部　とにかく、なるべく遠くへ逃げようと思うだろう。とすれば駅か。
ゆきみ　池袋の駅はあっちよ。
芥川　ちょっと待ってください。死にたくないから逃げ出した。それは一つの可能性に過ぎない。
警部　他に逃げ出す理由があるかね。
芥川　あらゆる可能性を考えるのが、名探偵の第一条件ですからね。
太郎　それなら、芥川さんの考えた理由は？
芥川　理由は……。

太郎　どうしたんですか。いつものようにズバッと推理してくださいよ。
芥川　そんなこと言ったって、こんな場面は映画になかったから。
ゆきみ　あの、私も発言していいですか？
警部　ダメ。
ゆきみ　どうして？
警部　これは我々の映画だ。お客さんに口を挟む権利はない。
太郎　まあ、いいじゃないですか。今は猫の手も借りたいぐらいなんだ。
警部　この子まで出演してしまったら、客がいなくなるんだぞ。
太郎　それなら、あなたが客になればいい。（ゆきみに）それで、あなたも何か推理したんですか？
ゆきみ　推理ってほどのものじゃないけど、犯人がラストで死ぬのは、ミステリーにはよくあるパターンですよね？　それをイヤがるのは、やっぱりおかしいと思うんですよ。
警部　悪役のくせに肝っ玉の小さいヤツだ。
ゆきみ　ミツが犯人じゃなかったら？　ホンモノの黒蜥蜴が別にいるとしたら？

芥川・太郎・警部が悲鳴を上げる。

すずこ　ねえねえ、ホンモノの黒蜥蜴って、誰なの？
ミツ　それは言えません。

183　サンタクロースが歌ってくれた

すずこ　脅されてるんだ。大丈夫よ。ホンモノはまだ映画の中にいるんだから。
ミツ　私を追いかけてくるかもしれません。
すずこ　そうか。あんたに逃げられたら、自分が犯人だってわかっちゃうもんね。ここで待ってれば、ホンモノが飛び出してくるわけだ。
ミツ　捕まったら、また映画の中に連れ戻される。早く逃げないと。
すずこ　でも、どこへ？
ミツ　あなた、この映画の監督さんをご存じですか？
すずこ　知ってるわよ。この人の映画は何本か見たことがある。
ミツ　それなら、お願いします。私を、監督さんのお家まで連れていってください。

太郎がゆきみを突き飛ばす。

太郎　冗談はやめてください。あなたは、芥川さんの推理が間違ってたって言うんですか？
ゆきみ　でも、西川さんがあらゆる可能性を考えてみろって言うから。
芥川　さすがの僕も、そこまでは気がつかなかった。あなた、探偵の素質がありますよ。
ゆきみ　そんなことないですよ。
芥川　ええ、そんなことないです。黒蜥蜴の正体は、あのミツってメイドに間違いないんだから。
ゆきみ　証拠はあるんですか？
警部　本人が認めたんだ。これ以上、確かな証拠があるかね。

太郎　（ゆきみに）彼女は僕の姉だって言ったでしょう。ホンモノのミツに金をやって、入れ替わっていたんですよ。
ゆきみ　ホンモノのミツは別にいたんだ。それなら間違いないや。
芥川　とすれば、残された可能性は一つだね。
太郎　やっと推理ができたんですね？　教えてください。その可能性は何です。
芥川　挑戦さ。映画の中では勝てないから、映画の外で戦おうってわけだ。
警部　なるほど。それで勝てば、死なずに済むからな。
太郎　見事な推理ですね、芥川さん。しかし、どうしてそんなことがわかったんですか？
芥川　名探偵の第二条件は、鋭い観察力。この場合は、よほど鈍い人でなければ、気がつくと思うけど。
太郎　あ、なるほどね。
警部　何だ何だ。私にはわからんぞ。
ゆきみ　私も。
芥川　見たまえ。黒蜥蜴からの挑戦状だ。

芥川が警部の肩を引く。警部の背中に、挑戦状が貼ってある。

すずこ　見なさいよ。今は一九九七年。あんたのいた大正時代とは、全然違うでしょう？
ミツ　若い男女が手をつないで歩いてます。みんな楽しそうですね。

すずこ　そうね。
ミツ　あなたは、手をつなぐ相手がいないんですか？
すずこ　そんなこと、どうでもいいでしょう？　とにかく、あんたは映画の世界の人間なんだから、映画の中に戻らなくちゃダメ。
ミツ　また私に死ねって言うんですか？
すずこ　逃げるなって言ってるのよ。あんたが犯人じゃないなら、龍之介の前で、自分の潔白を証明すればいいじゃない。
ミツ　黒蜥蜴は頭のいい人です。私なんかじゃ勝てっこない。
すずこ　だからって、監督さんに直訴しても、どうにかなるとは思えないけど。
ミツ　私はただ、話がしたいだけなんです。どうしてこんなことになってしまったのか、理由を聞いてみたいだけなんです。
すずこ　でも、住所も電話番号も知らないしな。電話番号？　そうだ。電話帳で調べればいいのよ。ちょっと待ってて。

すずこが走り去る。

芥川　ちょっと待ってくれ。もうすぐ答えが見つかりそうなんだ。
太郎　そう言って、何分待たせるんですか。こんな暗号ぐらい、さっさと解いてくださいよ。
芥川　暗号だったら、君の方が専門じゃないか。

太郎　僕が解いちゃっていいんですか？　主役のあなたを差し置いて。
芥川　事は一刻を争うんだ。誰が解こうが、この際関係ない。
警部　それなら、私が解いてみよう。
ゆきみ　警部さんが？
警部　「相撲取り、カレーの調味料、乾燥肌、インド象」。この一見脈絡のない単語の羅列には、実は深い意味がある。黒蜥蜴は相撲取りに変装して、インドへ逃亡した。カレーの調味料とはインドのことだ。ちょうどその頃、インドは乾期の真っ最中。黒蜥蜴は乾燥肌だったので、体中が痒くてたまらなかった。で、人目もはばからずにボリボリ掻いたわけだ。すると、それを見ていたインド象がパオーと。
ゆきみ　それで？
警部　一応、話はつながったと思うが。
ゆきみ　無理やりつなげばいいってもんじゃないでしょう？
警部　芥川君、何とか場をもたせたぞ。そろそろ正解を頼む。
芥川　わかった、モールス信号だ！
太郎　無線で使うヤツですか？
芥川　「相撲取り」はトツートト、「カレーの調味料」はトツートツートツー、「乾燥肌」はトトツートト、「インド象」はトトトツー。
太郎　するとこれは、四文字の言葉を示しているんですね？
芥川　そうだ。上から順番に、「カ」「ン」「ト」「ク」。

ゆきみ　「カントク」って、この映画の監督?

芥川　黒蜥蜴は、監督の家へ向かったんだ。

太郎　一体何のために。

芥川　映画を新しく作り直すためさ。もちろん、主役は黒蜥蜴で。

警部　急いで監督の家へ行こう。しかし、家はどこにあるんだ?

ゆきみ　電話帳で調べるのよ。確か、入口の所にあった。

ゆきみが走り去る。入れ替わりに、すずこが飛び出す。

すずこ　あったあった。監督の家は中野よ。ここから電車で十五分くらい。

ミツ　あなたも一緒に行ってくれますよね?

すずこ　私はダメよ。友達が中で待ってるから。一緒にこの映画を見るって、約束したの。

ミツ　映画は途中で止まってるはずですよ。

すずこ　そうか。ゆきみのヤツ、今頃びっくりしてるわよ。いい気味いい気味。

ゆきみが飛び出す。

ゆきみ　びっくりした。中野なのよ。タクシーで行けば、三十分もかからない。

警部　よし、急いで案内してくれ。

ゆきみ　あっ！
太郎　どうしました？
ゆきみ　私、行けない。もうすぐここに友達が来るから、待ってなくちゃ。
太郎　それは困る。僕らには、外の世界のことは何もわからないんだ。
ミツ　（すずこに）中野なんて行ったこともないし、一人じゃ不安なんです。
芥川　（ゆきみに）この映画のお客さんは、君しかいないんだ。君に見てもらえなかったら、僕らは何のために戦えばいいいんだ。
すずこ　映画が終わる時間までに戻ればいいよね。
ゆきみ　四十分経って来ないいんだもん。きっと約束をすっぽかすつもりなのよ。
ミツ　（すずこに）お願いします。私のことを助けると思って。
芥川　（ゆきみに）お願いします。僕を助けると思って。
ゆきみ　西川さんに頼まれたら、イヤとは言えないな。
すずこ　どうせあと八十分はヒマなんだから、一肌脱ぐか。
ミツ　さあ、行きましょう。
太郎　急いで行けば、先回りできるかもしれない。
警部　中野へ！
太郎　中野へ！
ミツ　中野へ！
芥川　中野へ！

警部　……どうして中野に着かないんだ？
ゆきみ　バカね。ここは映画の中じゃないのよ。
すずこ　現実の世界に、場面転換はないの。
警部　何とも不便な世界だな。
芥川　仕方がない。とりあえず、走りましょう。

六人が走り去る。

5

サヨ・フミ・ハナがやってくる。フミが懐から手紙を取り出し、広げて読む。

フミ　「文ちゃん。僕はまだこの海岸で、本を読んだり原稿を書いたりして暮らしてゐます。昼間は仕事が忙しくて忘れてゐますが、夕方や夜は東京がこひしくなります。さうして、早く又、あのあかりの多い、にぎやかな通りを歩きたいと思ひます。しかし、東京がこひしくなると云ふのは、東京の町がこひしくなるばかりではありません。東京にゐる人もこひしくなるのです。さう云ふ時に、僕は時々、文ちゃんのことを思ひ出します」

ハナ　フミちゃんのこと？（と喜ぶ）

フミ　「文ちゃんを貰ひたいと云ふ事を、僕が兄さんに話してから、何年になるでせう。貰ひたい理由は、たつた一つあるきりです。さうしてその理由は、僕は文ちゃんが好きだと云ふ事です」

ハナ　好きだ？（と喜ぶ）

フミ　「勿論、昔から好きでした」

ハナ　好きでした？（と喜ぶ）

フミ　「今でも好きです」

ハナ　好きです？（と喜ぶ）
フミ　「その外に、何も理由はありません」
ハナ　ありません？（と喜ぶ）
サヨ　うるさいわね、おまえは。もっと静かに聞いてられないの？
ハナ　だってだって、芥川さんがこんな手紙を書いたなんて。
サヨ　意外でしょう？
ハナ　意外ですよ。まるで、中学生が書いた恋文みたいじゃないですか。
サヨ　そうよね。「好きだ好きだ」を連発しちゃってさ。完全にのぼせ上がってるって感じよね。
フミ　龍之介さんをバカにしないでよ。続きを読んであげないわよ。
サヨ　あら、私は別にバカにしてるわけじゃないのよ。
ハナ　むしろ、感心してるんです。芥川さんに、こんな純情な一面があったなんて。いつもは、あんな難しい顔をしてるのに。
サヨ　小説だって難しいもんね。端から端まで漢字ばっかりで、とてもじゃないけど、最後まで読めないでしょう。
ハナ　私は読めましたよ。
サヨ　読めても、意味なんかちっともわからなくてさ。
ハナ　私はわかりました。さすがに、漱石先生がほめるだけのことはあるなって、感心しました。
サヨ　メイドのくせに生意気ね。
ハナ　メイドが本を読んじゃいけないんですか？

フミ　私は読んでもらえてうれしいわ。龍之介さんが書いたものは、一人でも多くの人に読んでほしいもの。
サヨ　とにかく、それだけ難しい小説を書く人が、手紙になるとまるで別人のよう。
ハナ　恋は男を少年にするんだ。
サヨ　女だって少女にするわよ。フミちゃんたらね、この手紙を肌身離さず持ち歩いてるのよ。
ハナ　わかります、その気持ち。私だって、そんな手紙がもらえたら、机の中にしまっておいたりしない。人に会うたびに、読んで聞かせて自慢したくなると思う。
フミ　自慢だなんてひどいわ。私はただ、この手紙が好きだから。
サヨ　私も大好き。読んでる時のフミちゃんはもっと好き。
ハナ　（フミに）もしかして、結婚を決意したのは、この手紙のせいですか？
フミ　ええ。でも、一緒になるのは、私が女学校を卒業してからよ。
サヨ　二年後にはお嫁さんか。よかったわね、子供の頃からの夢がかなって。
ハナ　フミさんは、お嫁さんになるのが夢だったんですか？　実は、私もそうなんです。
サヨ　ただのお嫁さんじゃないわよ。芥川さんのお嫁さん。
ハナ　でも、子供の頃は芥川さんを知らないでしょう。
サヨ　それが知ってたのよ。フミちゃんが初めて芥川さんに会ったのはね、八つの時だったのよ。
フミ　（ハナに）手紙の中に「お兄さん」ってあったでしょう？　あれは、本当は叔父さんなの。年があんまり違わないから、兄妹みたいにしてるんだけど。その叔父さんが、龍之介さんと中学の同級生だったの。

サヨ　（ハナに）だから、中学生の芥川さんが、フミちゃんの家によく遊びに来たわけよ。
ハナ　ということは、芥川さんが初恋の人？
サヨ　これ以上の幸せがある？　ハナ、よく見ておきなさい。これが幸せをつかんだ女の顔よ。
ハナ　でも、あんまり有名な人と結婚すると、苦労も多いでしょうね。
フミ　覚悟はしてます。
ハナ　芥川さんは売れっ子作家じゃないですか。座談会やパーティーで、いろんな人に会うでしょう？　中には、キレイな人だっているんじゃないかな。
サヨ　芥川さんは浮気なんかしないわよ。したら、私が許さない。
ハナ　フミさんは、芥川さんより八つも年下でしょう。芥川さんと同じ年頃で、教養もあって、文学論なんかが対等に話せる人が現れたらわかりませんよ。たとえば、さっきのお客さん。あの人なんか、そういう年頃でしたよね。
サヨ　あの女は大丈夫よ。教養なんかなさそうだったもの。
ハナ　見かけはそうかもしれないけど、私たちよりずっと先の時代の人間ですよ。文明だって、かなり進んでるみたいだし。
フミ　私は龍之介さんを信じます。
ハナ　信じるのはいつも女。そして泣くのも、いつも女。
サヨ　他の女が泣くのは全然構わないけど、フミちゃんを泣かしたらタダじゃおかないわ。
フミ　大丈夫よ。龍之介さんはそんな人じゃないから。
サヨ　芥川さんは信用できても、あの女は信用できないじゃない。急いで後を追いかけましょう。

ハナ　追いかけるって、まさか映画の外へ？
サヨ　お母様！

そこへ、奥様と巡査がやってくる。

奥様　どうしたの、サヨちゃん？
サヨ　私たち、芥川さんの後を追いかけます。
奥様　ウッ！（と気を失う）
ハナ　奥様！（と体を支える）
巡査　何を言ってるんですか、お嬢さん。外の世界は危険なんですよ。若い娘が一人で出歩くなんて、絶対にいけません。
サヨ　一人じゃないわ。フミちゃんとハナも一緒よ。
ハナ　私も？
巡査　（サヨに）娘三人で何ができます。
奥様　（サヨに）若い男女が手を握り合う世界なのよ。知らない男に手を握られたらどうするの？
サヨ　空いてる方の手で、横っ面を張り飛ばしてやるわ。
巡査　フミさんも止めてくださいよ。あなたは行くつもりじゃないですよね？
フミ　私も行きます。
巡査　芥川さんが「待っていてほしい」って言ったのを忘れたんですか？

フミ　私も一緒に行きたかったんです。もとはと言えば、私が悪いんだから。
奥様　あなたが何をしたって言うの？
フミ　龍之介さんをここへ呼んだのは私じゃないですか。探偵なんてやったこともないのに、黒蜥蜴を捕まえてほしいなんて。
サヨ　頼んだのは私よ。
フミ　二週間前に漱石先生が亡くなって、龍之介さんはすっかり沈んでしまったんです。龍之介さんにとって、漱石先生はとっても大きな人だったから。でも、作家はものを書くのが仕事。応援してくださった漱石先生のためにも、もっともっといいものを書かなくちゃいけない。そう思って書こうとするのに、ちっとも筆が進まない。書いても書いても、一つの作品には仕上がらないんです。
ハナ　探偵をすることで、沈んだ気持ちを吹き飛ばせるかもしれない。そう思って、ここへ呼んだんですね？
フミ　龍之介さんの最後の科白を覚えてますか？　この映画の最後の場面。
巡査　黒蜥蜴が自殺した後ですね？
奥様　確か、太郎さんに向かって、こう言うのよ。「新しい話が浮かんだよ。と言っても、探偵小説なんだがね」
巡査　そしたら、太郎さんが笑って、こう応えるんです。「その話は僕に書かせてください。主人公の探偵は、芥川さんをモデルにさせてもらいますよ」
奥様　「まさか、僕の名前を使うつもりじゃないだろうな」

巡査　「いや、名前はもう考えてあります。明智小五郎っていうんです」
フミ　この映画の後で、太郎さんは小説を書き始めます。それを見て、龍之介さんも書き始めるんです。でも、もし黒蜥蜴が消えてしまったら……。
ハナ　二度と小説を書かないかもしれない？
サヨ　そんなわけないわよ。芥川さんは、もっともっと傑作を発表して、歴史に残る大文豪になるんでしょう？
ハナ　歴史に残らなかったら、この映画だって作られないはずですよ。
フミ　だから、何がなんでも、黒蜥蜴を探し出さなくちゃいけないんです。
巡査　そのために、芥川さんは外の世界へ行ったんじゃないですか。我々にできることは、芥川さんの勝利を信じて、ここで待つことだけでしょう。
フミ　私だって、何かお手伝いすることはあるはずです。
巡査　ないない。足手まといになるのがオチです。
サヨ　あなたはフミちゃんの女心がわからないの？
巡査　そういうあなた方だって、芥川さんの男心がわからないじゃないですか。
奥様　（フミに）あなたが後を追いかけても、芥川さんは喜ばないわ。もしかしたら、怒るかもしれない。それでもいいの？
フミ　私は、龍之介さんの役に立ちたいんです。
奥様　あなたって、見かけによらず、強情なのね。でも、気持ちはよくわかりました。気をつけて行ってくるのよ。

巡査　奥さん、勝手なことを言わないでください。
奥様　勝手なこととは何ですか。この子は今、本気で人を好きになろうとしてるんです。私は恋する女の味方。邪魔をしたら、私が許しませんよ。
巡査　仕方ない。それなら、私も一緒に行くということで。
サヨ　おまわりさんは残っててよ。もし黒蜥蜴が戻ってきたらどうするの？
巡査　しかし……。
奥様　私が気を失った時に、誰かが支えてくれないと困るわ。
巡査　私はただのつっかえ棒ですか？
サヨ　さあ、行きましょう、銀幕の外へ！

サヨ・フミ・ハナが外へ出る。

サヨ　と出てきたのはいいけど、どこへ行けばいいのかしら。
ハナ　私に心当たりがあります。
サヨ　心当たりって何よ。
ハナ　さっき、ミッちゃんと話をしたことはないって言いましたよね？　あれは嘘なんです。出番のない時は、いつも二人でおしゃべりをしてたんです。
サヨ　どうせ私の悪口でも言ってたんでしょう。
ハナ　ええ。でも、他にもいろいろ話をしてたんです。

フミ　それじゃ、どこへ行ったか、見当がつくのね？
ハナ　たぶん、監督さんの所へ。
フミ　監督さんて、この映画の？
ハナ　フミさん、お嬢さん。出発しましょう、夜の東京へ。

サヨ・フミ・ハナが走り去る。

奥様　二人きりになってしまったわね。
巡査　そうですね。
奥様　直接お話するのは初めてよね？
巡査　私が映画の中で口をきくのは、警部殿だけですから。
奥様　もう一カ月も同じ映画に出ているのにね。
巡査　こうして二人きりで話をしていると、まるで主役にでもなった気分ですね。
奥様　どう？　みんなが戻ってくるまで、私たちだけで映画をやらない？
巡査　二人だけで、ミステリーができますか？
奥様　野暮なことは言わないの。男と女が二人きりなんだから、当然、恋愛映画よ。

巡査と奥様が去る。

6

ゆきみが監督の背中を押してやってくる。監督はサンタクロースの恰好をしている。

監督　ちょっとちょっと、君なんかと話をしてる暇はないんだよ。娘が僕を待ってるんだから。

ゆきみ　娘さんはまだ起きてたじゃないですか。今、行ったら、正体がバレちゃいますよ。

監督　正体って何だ。

ゆきみ　今時の子供は、こんな衣裳を着たくらいじゃ騙されませんよ。「なんだ、パパか」って笑われるのがオチです。

監督　娘はもう知ってるんだよ。

ゆきみ　なんだ。それなら、別に顔を見られても構わないか。

監督　物心ついた頃から、正直に話をしてあるんだ。パパは普段は映画のお仕事をしてるけど、本当はサンタクロースなんだよって。

ゆきみ　は？

監督　その証拠に、パパは空飛ぶ橇を持っている。

ゆきみ　嘘だあ。

監督　君、家に入ってくる時、見なかった？　門の脇にクレーン車が停まってたの。
ゆきみ　大きな箱が吊るしてありましたね。まさか、あれが橇ですか？
監督　今から僕はあの橇に乗って、娘の部屋の窓まで行くんだ。
ゆきみ　そんなことまでして、娘さんを信じさせたいんですか？
監督　いやあ、僕はサンタとして当然のことをしているだけですよ。
ゆきみ　でも、いつかは気がつくと思いますよ。「パパ、この橇についてるワイヤーは何？」って。
監督　ワイヤーで吊るしたって、空を飛ぶことには変わりないだろう。
ゆきみ　ホンモノのサンタは、ワイヤーなしで飛ぶじゃないですか。
監督　すると君は何か？　僕はホンモノのサンタじゃないって言いたいのか？
ゆきみ　まさか、本気でそう思ってるんじゃないでしょうね？
監督　思っちゃ悪いか。僕は今日という日のために、一カ月もかけて準備してきたんだ。仕事なんか何もしなかった。そこまで努力してる僕がサンタじゃないって、誰に言えるんだ。
ゆきみ　映画監督って、仕事をしなくても、食べていけるんですか？
監督　仕方ないだろう。やりたくても、やらせてもらえないんだから。
ゆきみ　頭がおかしいから？
監督　そうじゃなくて、この前、撮ったのが大失敗だったんだよ。
ゆきみ　この前ってまさか、『ハイカラ探偵物語』ですか？
監督　あれが全然当たってないんだ。客も全然入ってないし、批評だってメチャクチャ。「失敗作。タイトルから五分で犯人がわかる」だと。頭に来るよなあ。

ゆきみ 私はわかりませんでしたよ。

監督 そうだよね？　わからないよね？　僕だって原作を呼んだ時は、最後のページを読み終わって、本棚にしまっても、まだわからなかったんだ。これなら客を驚かせると思ったのにさ。ラストシーンだって、ビックリしたでしょう？

ゆきみ 私、ラストは見てないんで……。

監督 見てないの？　まさか君、つまらないから途中で出たって言うんじゃないだろうね？

ゆきみ 途中で出たんです。

監督 やっぱりつまらなかったのね？

ゆきみ 違うんです。途中で出たのは私じゃなくて、黒蜥蜴なんです。

監督 ちょっと話が飲み込めないんだけど。

ゆきみ たった今まで、私は『ハイカラ探偵物語』を見てたんです。芥川さんが「犯人は」って言う所まで。

監督 前半の盛り上がりじゃないか。そんな所で出てきたのか？

ゆきみ 私じゃなくて、黒蜥蜴が。

監督 ちょっと話が飲み込めないんだけど。

ゆきみ だから、芥川さんが「犯人は君だ」って言おうとしたら、黒蜥蜴がどこにもいなかったんです。映画の外へ逃げ出しちゃったんですよ。

監督 すると、君はこう言いたいわけだ。君の目の前で、映画の中の登場人物が、スクリーンの外へ逃げ出しちゃったと。

ゆきみ　そうです。その通りです。
監督　やったあ！
ゆきみ　あれ、驚かないんですか？
監督　そうかそうか、ついにやってくれたか。まさか、あの黒蜥蜴がね。明樹由佳もやるときゃやるねえ。
ゆきみ　喜んでる場合じゃないと思うんですけど。
監督　何を言ってるんだ。役者が役にのめり込んで、役になりきった時、フィルムの中には命が宿る。命を持った登場人物は、上映のたびに同じ演技を繰り返すのが、我慢できなくなるんだ。
ゆきみ　それじゃ、黒蜥蜴の役をやった女優さんの演技は、それだけすばらしかったってことですか？
監督　そういうことになるんだろうね。僕にはそう見えなかったけど。
ゆきみ　こういうことって、前にもあったんですか？
監督　いや、日本の映画じゃ初めてだ。アメリカではよくあるらしいが。
ゆきみ　本当に？
監督　業界では有名な話だよ。ブルース・ウィルスはお出かけが好きって。
ゆきみ　でも、『フィフス・エレメント』の時は、出てきませんでしたよ。
監督　最近は年を取って、丸くなったんだ。でも、『ダイ・ハード』の時はひどかったそうだ。「メリー・クリスマス！」と叫びながら、客席でマシンガンをぶっぱなしたらしい。本人が説得に来て、何とか中に戻ってもらったみたいだけど。

ゆきみ　黒蜥蜴も中に戻るでしょうか。

監督　映画の中は天国じゃないか。同じことの繰り返しとは言え、毎日毎日、違ったお客さんと出会うことができる。

ゆきみ　でも、自分の役に不満があったら？　黒蜥蜴はラストで死ぬんですよ。

監督　君は見てないからそう思うんだ。黒蜥蜴は、芥川の見ている前で、毒の入ったワインを一気にあおる。こんなにカッコよく死ねるのに、文句をつけるのはおかしい。

ゆきみ　それはそうなんですよね。悪役が悪役らしく堂々と死ぬのは、ちっともイヤじゃないと思うんだけど。

監督　やっぱり、設定に無理があったのかな。

ゆきみ　設定って？

監督　いや、黒蜥蜴は平井太郎の姉ということになってるだろう。ところが、実際は姉なんか一人もいなかったんだ。

ゆきみ　そうなんですか？

監督　話をおもしろくするために、姉ってことにしたんだ。太郎は、自分の姉が黒蜥蜴だと知って苦しむ。一度は芥川を裏切って逃がしてしまう。しかし、最後は正義と友情のために黒蜥蜴を倒す。いい話じゃないか。

ゆきみ　でも、話の都合のために、無理やりお姉さんにされたら、黒蜥蜴だってやりにくいでしょう。

監督　これぐらいのフィクションは大目に見てもらわなくちゃ。大体、芥川龍之介と平井太郎は、実際には一度も会ったことがないんだよ。

ゆきみ　二人は親友じゃなかったんですか？
監督　もし二人が出会っていたら、という仮定の話なんだ。言ってみれば、この映画は何から何まで嘘なんだ。
ゆきみ　だから、当たらなかったんだ。
監督　そうだったのか。
ゆきみ　でも、今さら嘘の役はやれないって言われても困りますよね？
監督　映画の中の問題は、映画の中で解決するしかないんだ。そう黒蜥蜴に伝えてくれ。
ゆきみ　それじゃ、黒蜥蜴はここへ来てないんですね？
監督　いくら監督に泣きついたって、一度撮った映画を撮り直すわけにはいかないんだ。

そこへ、奥様がやってくる。現代の服を着ている。

奥様　あなた、二階でアゲハが「サンタはまだ？」って怒ってるわよ。
監督　しまった。サンタが遅刻してしまった。
ゆきみ　あ、奥様だ。
奥様　あら、前にもお会いしたこと、ありましたっけ？
ゆきみ　『ハイカラ探偵物語』に出てましたよね？
奥様　ウッ！（と気を失う）てやたらと気を失う役ね。私はあんまりやりたくなかったんだけど、この人がどうしても出てくれってうるさいから。あんなに何回も気を失う人なんていないわよね？

ゆきみ　でも、倒れ方が全部違うから、うまい女優さんだなって思いました。

奥様　あなた、見る目あるわね。

監督　（ゆきみに）そういうわけで、僕は今、忙しいんだ。悪いけど、これで失礼させてもらうよ。

ゆきみ　私こそ、突然お邪魔して、すいませんでした。

チャイムの音。

奥様　あら、またお客様だわ。

奥様が去る。

ゆきみ　監督さん、きっと黒蜥蜴ですよ。

監督　やっぱり来たか。

そこへ、奥様とすずこがやってくる。

奥様　さあ、どうぞ。主人なら、ここにいますよ。

ゆきみ　すずこ！

すずこ　ゆきみ！　なんであんたがこんな所にいるのよ。
ゆきみ　あんたこそ何よ。ここは中野よ。池袋じゃないのよ。
すずこ　知ってるわよ。
ゆきみ　やっぱり約束をすっぽかすつもりだったんだ。あんたって女は、どうしてそんなにいい加減なの？
すずこ　いい加減とは何よ。自分だって、チャランポランのくせに。
ゆきみ　チャランポランですって？
奥様　まあまあ、あなたたち。
すずこ　（ゆきみに）だってそうじゃない。人を映画に誘っておいて、自分はちゃっかりこんな所で。
ゆきみ　私はちゃんと映画館に行きました。
すずこ　私だって行ったわよ。
奥様　喧嘩はやめなさいって。
ゆきみ　（すずこに）嘘つくんじゃないの。
すずこ　あんた、友達を疑うつもり？
ゆきみ　疑ってるのはあんたの方でしょう？
すずこ　違うわよ。あんたの方よ。
奥様　やめろっつうのがわかんねえのか！

ゆきみとすずこがピタリと黙る。

監督　……逆らわない方がいいと思うよ。
奥様　最近の若い人はお行儀が悪いのね。こんな調子じゃ、いつまで経ってもお嫁に行けないわよ。
ゆきみ　反省します。
奥様　（すずこに）あなたは？
すずこ　一から出直します。
奥様　それで、あなたのご用事は？
すずこ　監督さん、今、この近くまで、ミツって人が来てるんです。
ゆきみ　ミツって、黒蜥蜴ね？
すずこ　違うのよ。ミツさんは黒蜥蜴じゃないの。ホンモノの黒蜥蜴は――

そこへ、芥川が飛び出す。

芥川　ゆきみさん、黒蜥蜴が現れた！
監督　どうしたんだ、西川君。そんな恰好で。
芥川　僕は西川じゃありません。芥川龍之介です。
ゆきみ　西川さん、太郎さんは？
芥川　黒蜥蜴を追いかけた。僕らも急いで後を追うんだ。（と走り出す）
ゆきみ　みんな、道がわからないくせに。（と走り出す）

すずこ　待ってよ。ミツさんは黒蜥蜴じゃないのよ。

芥川・ゆきみ・すずこが走り去る。

監督　今のを聞いたかい？　芥川、太郎、黒蜥蜴。僕の映画の登場人物が、三人も外へ飛び出したんだ。

奥様　そんなことより、あなた。アゲハが二階で待ってるのよ。早く行かないと、寝ちゃうわよ。

監督　やっぱり僕の映画は傑作だったんだ。評論家め、ざまあみろ！　でも、アゲハ。パパはやっぱり監督じゃない。本当は、サンタクロースなんだよ。

監督と奥様が走り去る。

7

ミツが飛び出す。左右を見回す。何かを見つけて、走り去る。そこへ、太郎と警部が飛び出す。

太郎　（左右を見回し）あれ？

警部　何だ何だ、黒蜥蜴はどこへ行ったんだ。

太郎　確かに、この通りへ出たはずなんですが。

警部　わかった。あれに乗ったんだ。我々が池袋から乗ってきた、溺死じゃなくてショック死じゃなくて――

太郎　タクシーですか？

警部　そうだ、それだ。五分かそこらしか乗ってないのに、二千円も取りおって。二千円といったら、私の月給の一年分だぞ。

太郎　そんな大金を、黒蜥蜴が持ってますかね？

警部　ヤツにとってははした金に過ぎんだろうからな。しかし、私にとっては大金だ。こうなったら、走って追いかけるしかない。

太郎　でも、どっちへ？

警部　どちらにしようかな。

別の場所に、ミツが現れる。

太郎　警部さん、黒蜥蜴です！
警部　なんと、道の向こう側へ渡ったか。それならこっちも。（と前に飛び出すが、慌てて戻って）太郎　死ぬかと思った。
警部　黒蜥蜴が何か言ってます。「飛び出すな。車は急に止まれない」
太郎　余計なお世話だ。道というのは、人が歩くためにあるんだ。車なんぞに邪魔されてたまるか。（と拳銃を抜く）
警部　まさか、撃つつもりですか？
太郎　人と車とどっちが偉いか教えてやる。（拳銃を右に向けて）止まれ！　止まらないと撃つぞ！
警部　ダメだ。かえって、スピードが速くなった。
太郎　（拳銃を振り回して）なぜ逃げる。私は止まれと言ってるのに。
警部　みんな怖がってるんですよ。止まるわけありませんよ。（と前を見て）止まった。ドアが開いた。タクシーだ。
太郎　バカ者。私は乗らんぞ。乗らんと言ってるのがわからんのか。
警部　（左右を見回して）橋だ。そうか、橋を渡って行けばいいんだ。
太郎　橋だと？

ミツが走り去る。

太郎　黒蜥蜴が逃げる。先に行きますよ、警部さん。
警部　ここは川じゃないんだぞ。どうして道に橋がかかってるんだ。

二人が走り去る。そこへ、ゆきみ・すずこ・芥川が飛び出す。

芥川　すずこさん。ミツさんは、本当に黒蜥蜴じゃないって言ったんですか？
すずこ　本当よ。あの人の目は真剣だった。絶対に嘘なんかついてない。
ゆきみ　凄い。私の推理が当たってたんだ。
芥川　僕の推理は間違ってたんだ……。
ゆきみ　まあまあ、落ち込まないで。ミツさんが監督の家へ向かったことは当てたじゃないですか。
芥川　それは、彼女が暗号を残してくれたからですよ。でも、おかしいな。黒蜥蜴でもない人間が、
どうして暗号なんかを？
すずこ　ホンモノの黒蜥蜴の仕業じゃないの？
芥川　そうか。あくまでも、ミツさんが黒蜥蜴だと思わせるために。
すずこ　それにまんまと引っかかったわけだ。バカな男ね。
ゆきみ　ちょっと、西川さんに対して、そういう言い方はないでしょう？

すずこ　だって、本当にバカじゃない。ホンモノの芥川龍之介だったら、絶対に引っかかったりしなかったわ。
芥川　僕はホンモノです。
すずこ　ホンモノはもっと頭がいいの。顔もいいの。背も高いの。あんたなんかと全然違うのよ。
芥川　僕は僕なりに、努力してるのに。
ゆきみ　元気を出して。黒蜥蜴との勝負はこれからじゃないですか。
芥川　そうですよね。まずはミツさんを捕まえて、黒蜥蜴の正体を聞き出すんだ。
すずこ　あの人、どこへ行ったのかしら。
芥川　あなたは彼女とどうやって来たんですか？
すずこ　JRに乗って。
芥川　JR？
すずこ　電車よ、電車。総武線。
芥川　それなら、彼女は駅に向かったはずだ。
ゆきみ　見事な推理ですね、芥川さん。
芥川　こんなの、推理だなんて言えないですよ。それで、駅はどっちですか？
すずこ　あっちだけど、あっち。歩道橋を渡るのよ。

三人が走り去る。
ミツが飛び出す。左右を見回す。急いで切符を買い、走り去る。そこへ、太郎と警部が飛び出す。左右を見回す。何かを見つけて、走り去る。が、すぐに戻ってくる。

警部 何だ何だ、あの機械は。いきなり人を通せんぼしおって。
太郎 仕方ないですよ。切符を持たずに入ろうとしたから。
警部 しかし、あの無礼な態度は許せん。ピンポンピンポンと耳障りな音を。
太郎 文句を言わずに、早く切符を買いましょう。
警部 (左右を見回して) 売り場はどこだ。
太郎 これじゃないですか。「自動券売機」って書いてあります。
警部 機械が切符を売るというのか？　おもしろい。買ってやろうじゃないか。
太郎 警部さん、百三十円持ってますか？
警部 百三十円？　私の月給と同じじゃないか。駅に入るだけで、そんなに取るのか？
太郎 タクシーの値段から考えれば、おかしくないですよ。
警部 こうなったら、強行突破だ。こう見えても、私は百十メートルハードルのオリンピック候補でね。
太郎 あれ？　あっちには駅員がいますよ。
警部 さては、あいつが機械を置いたのか。許せん。私が成敗してやる。
太郎 ちょっと待ってください。今の人は、切符を買わずに入りましたよ。かわりに何かを駅員に見せて。
警部 あれは定期券だろう。

太郎　しかし、駅員は欠伸をして、見ようともしない。よし、僕らもあの手で通りましょう。
警部　見せるふりをして、通ればいいんだな？
太郎　慌てちゃいけませんよ。落ち着いて、何気なく。
警部　落ち着いて、何気なくだな？

二人が去る。が、すぐに警部だけが戻ってくる。

警部　どうして私の時だけ見るんだ。

そこへ、ゆきみ・すずこ・芥川が飛び出す。

芥川　警部さん！
警部　芥川君、太郎君と黒蜥蜴は中へ入った。私はどうしても入れないんだ。切符がないから。
芥川　二人はどうして切符が買えたんです。
すずこ　ミツさんには、さっきお金を貸してあげたのよ。
芥川　（ゆきみに）僕にも貸してください。
ゆきみ　しょうがないわね。タクシー代だって、私が出したのに。（と財布の中から千円札を出す）
芥川　（千円札を取って）漱石先生！
ゆきみ　ごめんね、切符を買わないと。（と千円札を取って、機械に入れる）

芥川　やめろ！　そんな所へ漱石先生を入れるな！
すずこ　（警部に）太郎さんはどうやって中へ入ったの？
警部　彼はなかなか芝居がうまい。駅員が欠伸をしている隙にスルリと。
ゆきみ　はい、切符。（と切符を芥川と警部に渡す）
すずこ　私のは？
ゆきみ　どうしてあんたの分まで私が出すわけ？
警部　切符だ。これさえあればこっちのものだ。（改札に向かって）どうだ。この切符が目に入らんか。頭が高い！
芥川　警部さん！

四人が去る。
ミツが飛び出す。後を追って、太郎が飛び出す。

太郎　ミツさん、もう逃げられないよ。芥川さんもすぐそこまで来てる。
ミツ　（後ずさりする）
太郎　一緒に帰ろう。君がいなくちゃ、話が先へ進まないんだから。
ミツ　私、もうイヤなんです。
太郎　君の気持ちはよくわかる。いくら悪役だって、死ぬのは辛いに決まってる。でも、次の上映では、また生き返るじゃないか。

ミツ　そうじゃなくて、黒蜥蜴のふりをするのがイヤなんです。
太郎　何を言ってるんだ。
ミツ　いくら芥川さんを騙したって、芥川さんは気づきもしないじゃないですか。
太郎　それでいいのさ。気づいてしまったら、話が変わる。
ミツ　だったら、話を変えてください。芥川さんに勝ちたいなら、正々堂々と戦って、勝てばいいでしょう。

別の場所に、すずこと芥川が飛び出す。

芥川　やっぱりこっちのホームにはいないな。
すずこ　ほら、西川さん、あそこ！
芥川　僕は芥川だって言ってるでしょう。
すずこ　向こうのホームにミツさんが。
芥川　よかった。太郎君が捕まえてくれた。
すずこ　後は、黒蜥蜴の正体を聞き出すだけね。
芥川　それが一番の問題なんだ。ミツさん以外に怪しい人物なんていないのに。

太郎とミツがいる場所に、ゆきみが飛び出す。

ゆきみ　やっぱりこっちのホームにいたんだ。
太郎　さあ、ミツさん。映画館へ帰ろう。
ミツ　イヤです。
太郎　あと一時間のうちに帰らないと、僕らの体は消えてなくなるんだよ。
ミツ　それなら、約束してください。芥川さんに本当のことを言うって。
ゆきみ　本当のことって？
太郎　僕が切符を買わずに入ったことじゃないかな。
ミツ　違います。黒蜥蜴の正体です。
ゆきみ　教えて教えて。私はやっぱり、おまわりさんが怪しいと思うんだけど。
太郎　その話は帰ってからにしましょう。
ミツ　そう言って、また私を騙すつもりなんでしょう。
ゆきみ　騙すって、太郎さんが？
太郎　（ミツに）……僕がいつ君を騙したっていうんだ。

ゆきみと芥川がいる場所に、警部が飛び出す。

警部　芥川君、やっぱりトイレットにはいなかったぞ。
すずこ　警部さん、ビショビショ。
警部　婦人用の方を覗いたら、水を引っかけられてしまった。

太郎がミツの腕をつかむ。ミツが太郎の手をふりほどく。

芥川　何だか、向こうの様子がおかしいな。

警部　どうした、太郎君！　早く黒蜥蜴を逮捕するんだ！

すずこ　向こうのホームに電車が来た！

警部　何だ何だ、電車が邪魔でよく見えんぞ。

芥川　太郎君がミツさんの手をつかんでます。

警部　でかしたぞ、太郎君！　すぐに「ラインの雫」を取り返すんだ！

太郎がミツを引っ張って、電車に乗り込む。後を追って、ゆきみも乗り込む。

すずこ　あれ、電車に乗っちゃった。

警部　一足先に帰るつもりだな？　ずるいぞ！　みんなで一緒に帰ろうよ！

すずこ　ゆきみが何か言ってる。（ゆきみに）何よ！　全然わかんないわよ！　窓を開けてしゃべりなさいよ！

ゆきみ　（窓を開けて）太郎さんだったのよ！

警部　わかってるよ！　今回は太郎君のお手柄だ！

ゆきみ　そうじゃなくて、ホンモノの黒蜥蜴は太郎さんだったのよ！

芥川　何だって？

すずこ　電車が動き出した！

ゆきみ・太郎・ミツが横へ動き始める。太郎が窓に指で文字を書く。三人が去る。

警部　太郎君が黒蜥蜴だと？　そんなバカなことがあってたまるか。

芥川　いいや、それならすべてが一致します。警部さんの背中の暗号を発見した時、太郎君はその場にいた。僕らがよそ見をしている間に貼ったんです。

すずこ　監督さんの家からミツさんが逃げ出したのも、太郎さんの姿を見たから？

警部　しかし、どうして太郎君が宝石なんかを。彼はそんなに貧乏だったのか？

芥川　目的は宝石じゃない。僕なんですよ。

すずこ　あんたに何の恨みがあるのよ。

警部　（左を見て）お、こっちのホームにも電車が来たぞ。

芥川　恨みなんか何もない。ただ、僕に勝ちたかったんだ。見当外れな推理をさせて、あざ笑いたかったんだ。

警部　よし、この電車で後を追いかけよう。（と乗り込む）

芥川　あれ、この電車はさっきのと色が違うな。

すずこ　これは東西線。太郎さんたちが乗ったのは総武線よ。警部さん、降りて！

警部が降りようとした瞬間、電車の扉が閉まる。警部が驚いた顔のまま、去る。

芥川　すずこさん、急いで後を追いかけましょう。
すずこ　警部さんを？
芥川　そうじゃなくて、黒蜥蜴を。
すずこ　警部さんはどうなるの？
芥川　あの人だって子供じゃない。一人で何とかしますよ。
すずこ　太郎さんたち、どこへ行ったのかな。
芥川　彼が窓に書いた文字、わかりましたか？
すずこ　TとVよね？
芥川　また暗号だ。僕は暗号は得意じゃないのに。
すずこ　これは暗号じゃないと思う。単純に、テレビって意味じゃない？
芥川　そうか。今度はテレビの中へ逃げ込むつもりなんだな？
すずこ　違う違う。太郎さんたちはテレビ局に行ったのよ。
芥川　よし、僕らもそこへ行きましょう。
すずこ　あっちのホームに電車が来た。あれに乗れば追いつけるわ。走りましょう、西川さん。
芥川　芥川だって言ってるのに。

二人が走り去る。

8

サヨ・フミ・ハナがやってくる。

サヨ　ねえ、ハナ。本当にこの道で間違いないの？
ハナ　間違いないですよ。さっきの雑貨屋さんの話だと、十分も歩けば、正面に見えてくるって。
サヨ　何が十分よ。私たち、もう三十分は歩いてるはずよ。
ハナ　もしかして、通りすぎちゃったのかな。
サヨ　冗談じゃないわよ。今来た道をまた戻れっていうの？　もうイヤ。もう一歩も歩けない。
フミ　でも、歩くしかないのよ。私たちにはお金がないんだから。
サヨ　私はね、生まれてから今日まで、お金に困ったことなんか一度もないの。貧乏がこんなに辛いものだとは思わなかったわ。
ハナ　いい勉強になったじゃないですか。
サヨ　勉強なんか、女学校だけでたくさんよ。
フミ　おかげで、監督さんの家にも行けなかったしね。
ハナ　でも、お金がないのは、ミツちゃんだって同じですよ。とすれば、歩いていける場所へ向かったはず。

フミ　それがテレビ局？

ハナ　テレビ局に行けば、ホンモノの黒蜥蜴に会えるんです。

フミ　そのことなんだけど、ミツさんは、本当に黒蜥蜴じゃないって言ったの？

ハナ　言いました。ホンモノの黒蜥蜴は別にいるって。

サヨ　でも、どうしてテレビ局なんかにいるのよ。

ハナ　映画館に貼ってあったポスター、見ませんでした？　来年公開の新作映画、主演・上川隆也って。

サヨ　誰よ、上川って。

フミ　（ハナに）太郎さんをやった俳優さんね？

ハナ　その映画を作ってるのが、全日本テレビなんですよ。

フミ　それじゃ、ホンモノの黒蜥蜴は、太郎さんだったの？

ハナ　あ、あそこにも雑貨屋さんがある。ちょっと待っててください。急いで聞いてきます。

ハナが走り去る。

サヨ　また雑貨屋？　この時代は雑貨屋が多いのね。さっきはセブンイレブン、今度はローソン。

そこへ、巡査がやってくる。現代の服を着ている。

フミ　あら、おまわりさん。
巡査　そう言うあなたは中村さん。そんな恰好で何してるんですか？
サヨ　あなたこそ何よ、その恰好は。
巡査　そう言うあなたは真柴さん。それじゃ。（と歩き出す）
サヨ　待ちなさい。どうしてあなたがこんな所にいるのよ。
巡査　仕事の帰りですよ。
サヨ　ちゃんとお留守番してなさいって言ったのに。お母様にもしものことがあったらどうするの？
巡査　お母さん、病気なんですか？
サヨ　全然話が通じない。
フミ　サヨちゃん、この人、おまわりさんじゃないみたいよ。
サヨ　こんな顔した人間が、二人もいる？
フミ　おまわりさんの役をやった俳優さんじゃないかしら。
サヨ　そうか。名前は確か……。
巡査　大内ですよ。忘れたんですか？
フミ　大内さん。今、仕事の帰りって言いましたよね？　仕事ってもしかして、テレビ局ですか？
巡査　もちろん、全日本テレビですよ。中村さんたちはこれからですか？
フミ　上川さんはいませんでしたか？

巡査　さあ。
フミ　来年公開の映画を撮ってるはずなんですけど。局の中では撮りませんよ。
巡査　映画を撮るなら、どこかの撮影所でしょう。
サヨ　それじゃ、今はいないの？
巡査　待てよ。上川さんはドラマのレギュラーを持ってたなあ。
サヨ　それじゃ、やっぱりいるの？
巡査　どっちかなあ。
サヨ　はっきりしなさいよ。あなた、男でしょう？
巡査　そう言われても、僕は上川さんのマネージャーじゃないんですから。
サヨ　こうなったら、いるかいないか、一緒に確かめに行きましょう。
巡査　僕もですか？
サヨ　ガタガタ言うんじゃないの。もとはと言えば、はっきり確かめてこなかったあなたが悪いのよ。

そこへ、ハナが戻ってくる。

ハナ　やっぱりこの道で間違いないみたいですよ。
巡査　あれ、前田さんまで一緒なんですか？　このメンバーが揃うと、『ハイカラ探偵物語』を思い出しますね。あれからもう半年か。

サヨ　映画はまだ終わってないの。さあ、すぐに案内してちょうだい。全日本テレビまで。

四人が走り去る。
ゆきみ・太郎・ミツがやってくる。

太郎　この電車は総武線ですね？
ゆきみ　そうよ。さっきの駅が四谷。
太郎　全日本テレビはどこにあるか知ってますか。
ゆきみ　麹町じゃなかったっけ？　市ヶ谷からタクシーに乗れば、五分くらい。
太郎　案内してくれませんか。ついでに、タクシー代も貸してください。
ゆきみ　また私が払うの？
太郎　あと、電車代もお願いします。僕は切符を持ってないんで。
ゆきみ　あのさ、私は別にお金が惜しくて言うんじゃないけど、このまま映画館に帰った方がいいと思うよ。
太郎　僕はもう帰れませんよ。
ゆきみ　こういう時は、素直に謝っちゃうのよ。向こうが怒り出す前に、ごめんなさいって。
太郎　それで、芥川さんが許してくれると思いますか？
ゆきみ　私だったら許すなあ。だって、別に悪気があったわけじゃないんでしょう？
太郎　悪気はありました。

ゆきみ　それは困ったぞ。
太郎　僕はどうしても芥川さんに勝ちたかった。探偵としての才能は、自分の方が上だってことを証明したかった。
ゆきみ　プッ。（と吹き出す）
太郎　どうして笑うんですか。人がまじめな話をしているのに。
ゆきみ　だって、顔はまじめなくせに、手は仲良くつないでるんだもん。
太郎　これはつないでるんじゃありません。つかんでるんです。
ミツ　（ゆきみに）私はつかまれてるんです。
ゆきみ　でも、こうして見ると、二人はまるで恋人同士。
太郎　この世界では普通だって言ったじゃないですか。あそこの二人を見てください。腰に手を回して、顔を近づけて、今にも接吻しそうでしょう。僕はさっきからヒヤヒヤしてるのに、周りの人は平気な顔だ。
ゆきみ　あれは恋人同士だからよ。いくら姉弟だって、大人になったら、手はつながないの。
ミツ　私たち、姉弟なんかじゃありません。
ゆきみ　そうなの？　だったら、遠慮なんかしなくていいわよ。何なら両手ともつないだら？
太郎　あなた、何か誤解してませんか？
ミツ　放してください。（と手を振り払おうとする）
太郎　放したら、逃げるじゃないか。
ミツ　どこへ逃げるんですか？　電車の外へ飛び降りるんですか？

太郎　その可能性もないとは言えない。
ミツ　そんなことしたら、死んじゃいますよ。私は死にたくないから、映画の外へ逃げたんですよ。
太郎　それなら、約束してほしい。全日本テレビに着くまでは、絶対に逃げないって。君にどうしても会ってほしい人がいるんだ。
ゆきみ　会ってほしい人？
太郎　もう一人の僕さ。
ゆきみ　太郎さんの役をやった、俳優さんのこと？
太郎　（ミツに）君の一番知りたいことを教えてくれるはずだ。
ミツ　……約束します。

太郎がミツの手を放す。背中を向ける。

ゆきみ　ねえねえ、あなたの一番知りたいことって何なの？
ミツ　太郎さんの気持ちです。
ゆきみ　そんなの、直接、本人に聞けばいいじゃない。
ミツ　あの人の言うことは、いつも同じです。僕はどうしても芥川さんに勝ちたいんだ。そのためには、君の協力が必要なんだって。でも、私にはそれが信じられなくなったんです。
ゆきみ　どうして？
ミツ　私は映画の最後で自殺するんですよ。死ぬのは別に構わないんです。それで太郎さんが芥川さんに勝てるなら。でも、太郎さんは、自分が黒蜥蜴だって言わないじゃないですか。芥川さんは、自分が負けたことに気がつかないんですよ。

ゆきみ　お客さんだって気がつかないわよ。

ミツ　知ってるのは、私たち二人だけ。それで勝ったことになりますか？

ゆきみ　あなたが死んでも、意味ないじゃない。

ミツ　だから、私、思ったんです。太郎さんは、本当は勝つつもりなんかないんだって。誰にも気づかれないようにいたずらをして、一人で笑っていたいだけなんだって。もしそうなら、私はもう死にたくありません。

ゆきみ　あなた、太郎さんが好きだったのね？

ミツ　太郎さんをやった俳優さんなら、本当の気持ちを教えてくれるはずです。

太郎　（振り向いて）着いたよ。市ヶ谷だ。

ゆきみ　ホンモノの江戸川乱歩は、女を利用して、見殺しになんかしないわ。

太郎　江戸川乱歩は、日本の探偵小説を始めた男だ。いくら売れっ子作家とは言え、素人探偵なんかに負けるわけにはいかないんだ。

三人が去る。

すずこと芥川が飛び出す。すずこが片手を上げる。タクシーが止まる。二人で乗り込む。

すずこ　全日本テレビまで。

芥川　あらかじめ言っておきますけど、僕、お金持ってません。
すずこ　知ってるわよ。
芥川　それから、僕は西川じゃありません。芥川です。僕の役をやったのは西川でも、僕は芥川なんです。
すずこ　わかった。これからは芥川さんて呼ぶ。
芥川　ひどい混雑ですね。年末はみんな忙しいんだな。
すずこ　あれは仕事で忙しいんじゃないの。みんな遊んでるのよ。今夜はクリスマス・イブだから。
芥川　この時代は、キリスト教が盛んなんですか？
すずこ　別にそういうわけじゃないんだ。クリスマス・イブは、一番大切な人と過ごすって、いつの間にか決まってたの。
芥川　変な風習だな。
すずこ　でしょう？　大切な人がいない人間には、いい迷惑よ。
芥川　そうかな。誰にだって、大切にしたいと思う人はいるんじゃないかな。
すずこ　芥川さんにはいるの？
芥川　僕はこれでも婚約してるんですよ。
すずこ　そうか。塚本文さんね。跡見女学校の二年生。
芥川　よく知ってますね。そうか。映画の原作を読んだから。
すずこ　読む前から知ってたわよ。私、これでも芥川龍之介には詳しいの。
芥川　それじゃ、僕の小説、読んでくれましたか？　『羅生門』とか『鼻』とか。

すずこ　高校生の時に読んだ。国語の教科書に載ってたから。
芥川　え？　僕の小説が、教科書に？
すずこ　『羅生門』なんか、映画になったのよ。
芥川　え？　僕の小説が、映画に？
すずこ　黒沢明が監督でさ、ヴェネチア映画祭でグランプリを取ったのよ。
芥川　え？　僕の小説が、ヴェネチア映画祭って何のこと？
すずこ　でも、私はやっぱり『杜子春』とか『蜘蛛の糸』が好きなんだ。
芥川　それは僕のじゃありませんよ。
すずこ　何言ってるの。『蜘蛛の糸』って言ったら、代表作じゃない。
芥川　わかった。これから書くんですよ。僕は大正五年の芥川龍之介だから、大正六年から先のことは何も知らないんです。
すずこ　それじゃ、『地獄変』も『河童』も『或阿呆の一生』も知らないわけ？
芥川　変な題名ばっかりですね。それも僕が書いたんですか？
すずこ　誰と結婚して、何人子供が生まれて、何歳で死ぬかも知らないんだ。
芥川　結婚相手はフミちゃんでしょう。もう婚約してるんだから。
すずこ　そうよ。子どもは三人生まれるの。全部男の子。
芥川　イヤだな、そんなの。僕は女の子がほしいんですよ。娘を嫁にやる父親の気持ちを味わってみたいんです。
すずこ　残念でした。

芥川　それで、僕は何歳で死ぬんですか？　漱石先生みたいに、胃潰瘍で苦しむんじゃないでしょうね？

すずこ　病気で死ぬんじゃないのよ。

芥川　それじゃ、火事とか、列車事故とか？

すずこ　事故ともちょっと違うのよね。

芥川　聞かない方が良かったみたいですね。

すずこ　気にしない方がいいわよ。どうせ年を取らないんだから、死ぬこともないわけでしょう？

芥川　僕には今しかないですからね。未来は永遠にやってこない。だから、余計に気になるのかもしれません。

すずこ　未来は歴史に残る大文豪よ。

芥川　おだてないでくださいよ。でも、ちょっぴり安心もしました。僕は、また小説が書けるようになるんですね。

すずこ　今だって、書いてるじゃない。

芥川　漱石先生が亡くなってからは、一つも完成してません。

すずこ　『指』と『いか物』と『槍沙汰』ね？　三つとも、途中までしか書けなかったのよね。

芥川　どうしてそんなことまで知ってるんですか？

すずこ　芥川龍之介には詳しいって言ったでしょう？　なんたって、全集を持ってるんだから。この本だって、龍之介が主人公だっていうから読んだのよ。ミステリーなんて、本当は好きじゃないのに。

芥川　僕の全集が出るんですか。

すずこ　『蜘蛛の糸』みたいな傑作を、これからたくさん書くのよ。私みたいなファンもたくさんできるのよ。

芥川　僕のファンなんですね？　西川のファンじゃなくて。

すずこ　西川なんて、私の趣味じゃないもん。

芥川　ほう。

すずこ　不思議よね。こうして話してると、なんだかホンモノの龍之介みたいな気がしてきちゃった。

芥川　当たり前でしょう。僕はホンモノなんだから。

すずこ　顔は全然違うのに。

芥川　着いたみたいですよ。

すずこ　太郎さんたちに追いついたかな？

芥川　行きましょう、すずこさん。

すずこ　私がお金を払ったのよ。ありがとうぐらい、言ったらどう？

二人が走り去る。

警部が飛び出す。

警部　やけに暗いと思ったら、地面の下を走ってるじゃないか。この電車は地獄へ行くのか？　……九段下？　すると、ここは地面より九段も下なのか？　あと一段で地獄に着くんだな？　待て！　私は降りるぞ！　まだ結婚もしてないのに、死んでたまるか！

警部が走り去る。

9

太郎・サヨ・フミ・ハナ・巡査がやってくる。太郎は現代の服を着ている。

フミ　すみません、お仕事の最中に呼び出したりして。

太郎　いいんですよ。せっかく映画の中から会いに来てくれたんだし。でも、ミツさんは、僕の所には来てないですよ。

サヨ　ハナ。

ハナ　おかしいなあ。お金がなくて行ける場所なんて、ここしかないのに。

サヨ　おまえなんかの言うことを信じた、私がバカだったわ。

ハナ　でも、ミッちゃんはいつも言ってたんですよ。太郎さんの気持ちが知りたいって。

太郎　それじゃ、ホンモノの黒蜥蜴は太郎だって、しゃべっちゃったんですか？

ハナ　私にだけ、こっそり教えてくれたんです。芥川さんに勝つために協力してほしいって頼まれたって。

巡査　知らなかった。『ハイカラ探偵物語』って、そういう話だったんですか？

サヨ　私たちだって、今日初めて知ったのよ。

巡査　（太郎に）みんなに黙って、話を変えたんですね？　もしかして、監督さんも？
太郎　気づいてないと思うよ。科白は一言も変えてないから。
巡査　そうか、科白を言う時の裏側の気持ちだけ変えたんだ。でも、どうしてそんな勝手なことを。
太郎　勝手かもしれないけど、僕には僕の理由があったんだ。
フミ　どんな理由ですか？
太郎　太郎の気持ちを考えたら、そうしないわけにはいかなくなった。
フミ　どんな気持ちですか？　ミツさんはそれが知りたくて、映画の外へ飛び出したんですよ。
太郎　ミツさんは知ってるはずですよ。太郎がどうして芥川に勝ちたいのか。
ハナ　何か恨みでもあったんですか？
太郎　恨みや憎しみなんかより、ずっと強い気持ちさ。
サヨ　信じられない。『ハイカラ探偵物語』は、男と男の友情がテーマじゃなかったの？
太郎　シナリオではそうなってるけど、僕はおかしいと思ったんだ。大正五年に二人が出会っていたら、友達になるわけないんだ。
フミ　でも、現に二人は親友だったんですよ。
太郎　親友なんて真っ赤な嘘です。実際の芥川と乱歩は、一度も会ったことがなかった。あの映画は、もし会っていたらって仮定の話なんだ。
フミ　だから、会って友達になったんでしょう？　太郎さんと知り合った頃、龍之介さんが言ってました。「太郎君は、ポーみたいな小説を書きたいんだってさ。もし書けたら、日本で最初の探偵作家になれるね」って、とってもうれしそうに。

サヨ　（ハナに）ポーって何？

ハナ　アメリカの探偵作家ですよ。エドガー・アラン・ポー。

フミ　（太郎に）龍之介さんもポーが好きだったんです。ポーが好きな太郎さんのことは、もっと好きだったんです。

太郎　ところが、太郎が実際に小説を書いたのは、それから六年も後ですよ。

サヨ　映画の最後で言ってたヤツね。主人公は芥川さんなんでしょう？

太郎　違います。明智小五郎のモデルは芥川なんかじゃない。

サヨ　自分で言っておいて何よ。あれも嘘なの？

太郎　平井太郎の役をもらって、江戸川乱歩の自伝を読んだ時、僕は疑問を持ったんです。芥川は、デビューして一年もしないうちに売れっ子作家になった。帝大出で漱石の弟子、まさにエリートですよ。ところが、太郎はデビューどころか、小説を書くことさえできなかった。なぜだと思います？

サヨ　貧乏だったからじゃない？

ハナ　だから、宝石を盗んだんですか？

太郎　確かに生活は苦しかった。でも、一番の理由は、書いても読む人がいなかったってことです。

フミ　どうしていないんですか？　雑誌に発表すれば、たくさんの人が読んでくれるのに。

太郎　どの雑誌が載せてくれるって言うんです。いいですか？　日本にはまだ探偵小説を書く人がいなかった。ということは、読む人だっていなかったんです。乱歩の自伝に書いてありました。大正五年当時、自分の夢はアメリカに渡ることだったたって。

ハナ　アメリカには、探偵小説の雑誌がたくさんありますからね。

太郎　アメリカに行けば、小説が書ける。でも、行くだけの金がない。そんな太郎が芥川に出会ったら、はたして友達になるでしょうか。

巡査　しかも、主役は芥川ですからね。

サヨ　太郎さんだって、主役みたいなもんじゃない。

巡査　でも、推理するのはいつも芥川ですよ。太郎はいつも横にいて、「見事な推理ですね、芥川さん」て。

太郎　太郎がそんなこと言うわけない。でも、シナリオには書いてある。言うはずのない科白をどう言えばいいのか。僕の答えは一つです。

フミ　全部、龍之介さんを騙すための嘘だった？

太郎　そう考えると、太郎の気持ちは手に取るようにわかりました。探偵としての才能は、自分の方が上だということを証明したい。そう思った太郎は、芥川に罠を仕掛けたんです。

ハナ　それで、ミッちゃんに頼んだんですか？

太郎　ミツの役をやった、明樹さんにね。科白は一言も変えないで、二人を恋人同士ってことにしようって。

サヨ　でも、ミツは太郎さんのお姉さんでしょう？

太郎　平井太郎に姉はいません。シナリオでは姉ってことになってるけど、これもすべて、芥川を騙すための嘘ってことにしようって。

巡査　なるほど。それなら、全部辻褄が合う。だから、誰も気がつかなかったんだ。

フミ　もしそれが本当なら、最後の場面がおかしくないですか？　二人が恋人同士なら、どうして太郎さんはミツさんを見殺しにしたんですか？
サヨ　そうよ。ミツは太郎さんの目の前で、毒の入ったワインをあおるのよ。止めることだってできたはずよ。
太郎　そんなことをしたら、話が変わるじゃないですか。
サヨ　変わっても仕方ないわよ。好きな女を見殺しにするなんて、男じゃないわ。
太郎　もし自分が黒蜥蜴だって名乗り出たら、太郎は警察に捕まるでしょう。そんなことになったら、太郎は一生、江戸川乱歩になれません。
フミ　江戸川乱歩になりたいから、だからミツさんを見殺しにしたんですか？
太郎　僕はただ、話を変えるわけにはいかないと思って——
フミ　そう思って、ミツさんが毒を飲むのを止めなかったんですか？
太郎　そうじゃなくて——
フミ　止めてくれないあなたのことを、ミツさんはどう思って死んでいったか。
サヨ　だから、ミツは逃げ出したのね？
太郎　そうじゃない。僕はただ、芥川さんに勝ちたかった。ただ、それだけなんだ。
サヨ　ミツを見殺しにするぐらいなら、正々堂々と負ければよかったのよ。負けてもちっとも恥ずかしくない。ミツを見殺しにしたおかげで、あなたの勝利は泥沼に落ちたのよ。
巡査　まるでカンダタですね。
ハナ　カンダタ？

巡査　『蜘蛛の糸』の主人公ですよ。自分一人が助かろうとして、地獄へ落ちた男です。

そこへ、すずこと芥川が飛び出す。

芥川　フミちゃん。
サヨ　芥川さん。太郎さんと警部さんは？
芥川　警部さんは遠くに行ってしまった。太郎君はもうすぐここへやってくる。ミツさんと一緒にね。
サヨ　そちらの方は？
芥川　ゆきみさんのお友達だ。そんなことより、どうして君たちがここにいるんだ。
サヨ　全部ハナが悪いんです。
ハナ　私が？
サヨ　（芥川に）この子が最初に言い出したんです。ミッちゃんがどこへ行ったか、私に心当たりがあります。私についてきてください。芥川さんに怒られる？　大丈夫大丈夫。言い出したのは私なんだから、私一人で怒られますよって。はい、どうぞ。（ハナを押し出す）
芥川　（フミに）僕は待っていてほしいと言ったはずだ。
フミ　私も役に立ちたかったんです。
芥川　僕のためを思ってくれるなら、こんな所へ来るべきじゃなかった。
サヨ　フミちゃんを怒らないでよ。悪いのは、みんなハナなんだから。

芥川　（フミに）帰るんだ。

サヨ　行きましょう、フミちゃん。未来の旦那様をこれ以上怒らせちゃいけないわ。

フミ　龍之介さんも帰ってください。もう時間がありません。

芥川　もうすぐ太郎君とミツさんが来る。僕は二人を連れて帰る。

フミ　待っている間に、時間がなくなったら。

芥川　必ず帰る。一度くらい、僕を信じてくれないか。一カ月も騙され続けてきたバカな男だけど、一応これでも主人公なんだ。

フミ　私、信じてなかったわけじゃありません。

芥川　だったら、こんな所へ来るわけないいんだ。帰れ！

サヨ　行きましょう、フミちゃん。

太郎　大内君。悪いけど、この人たちを映画館まで送ってくれないか。

巡査　わかりました。（フミに）さあ、帰りましょう。

サヨ・フミ・ハナ・巡査が去る。

芥川　上川君ですね？

太郎　ええ。

芥川　一つだけ教えてください。僕はそんなに、太郎君が騙したくなるほど、イヤな男でしたか？

太郎　僕はあなたを憎んだんじゃありません。あなたの才能を憎んだんです。

芥川　人に憎まれるような才能なんて、僕にはありませんよ。

太郎　芥川龍之介の言葉とは思えませんね。

すずこ　龍之介だから言えるのよ。一行書くのに何時間も費やして、一作書くごとに命を削っていった、芥川龍之介だから。

すずこと太郎が去る。

10

フミがやってくる。

フミ　明治四十年のクリスマス・イブ。龍之介さんは十六歳、私は八つの年でした。
芥川　あれ、フミちゃん一人？　お兄さんはお出かけ？
フミ　（うなずく）
芥川　そうか。別に約束してたわけじゃないからな。いつ頃出かけた？　もうそろそろ帰ってくる？
フミ　（うなずく）
芥川　それなら、待つか。本でも持ってくればよかったな。一人でお留守番？　偉いね。でも、外は寒いだろう。昨夜の雪が残ってるし。
フミ　（首を横に振る）
芥川　君は寒くなくても、僕が寒いんだよ。炬燵にでもあたらせてくれないか？
フミ　（何かを見つめている）
芥川　火鉢でも構わないんだけど。

フミ　（何かを見つめている）
芥川　（近寄って）なんだ、蜘蛛の巣か。女の子のくせに、虫が好きなの？
フミ　（首を横に振る）
芥川　虫は嫌いだけど、蜘蛛は好き？
フミ　（首を横に振る）
芥川　蜘蛛は嫌いだけど、巣は好き？
フミ　（うなずく）
芥川　そうか。巣は好きか。顔にくっつくと気持ち悪いけどね。そう言えば、昨夜あんなに降ったのに、どこも切れてない。細いわりに頑丈なんだな。
フミ　白くてキレイです。
芥川　こうして見ると、なかなかのもんだ。何かの模様みたいだね。雪の結晶とか。
フミ　氷のひび。
芥川　水の波紋。
フミ　楽譜。
芥川　なるほど。こんがらがった五線譜にも見えるな。蜘蛛ってヤツは、人間の耳には聞き取れない周波数で、歌を歌ってるのかもしれないね。その歌に誘われて、他の虫が飛んでくるのかもしれない。
フミ　どんな歌ですか？
芥川　今夜はクリスマス・イブだから、クリスマス・キャロルでも歌ってるんじゃないかな。

フミ　クリスマス？
芥川　西洋の神様の誕生日さ。この日は、イギリス人もドイツ人もフランス人も、歌を歌ってお祝いをするんだ。子供たちはサンタクロースに手紙を書いて、枕元に靴下を吊るす。

フミ　サンタクロース？
芥川　こいつも神様みたいなもんだ。一年間いい子にしてた子にだけ、贈り物をくれるんだ。寝てる間にやってきて、靴下の中に入れてくれる。

フミ　日本にもやってきますか？
芥川　いい子にしてればね。フミちゃんはどうだい？　今年はいい子にしてたかい？
フミ　金魚鉢を割りました。
芥川　わざとじゃないだろう？
フミ　（首を横に振る）
芥川　わざと割ったの？　どうして？
フミ　空っぽになっちゃったから。
芥川　金魚が死んじゃったのか。空っぽの金魚鉢を見てると、思い出すからな。
フミ　お母さんには怒られました。
芥川　そうか。かわいそうだけど、サンタクロースは諦めた方がいいな。仕方ない。今年は僕が贈り物をあげよう。何がいい？

フミ　（何か言おうとする）
芥川　と聞く前に言っておくけど、高いものは困るよ。中学生の小遣いで買えるものでないと。

フミ　（何か言おうとする）
芥川　それから、女の子の物ってのも困るな。買いに行くのは僕なんだから。
フミ　（何か言おうとする）
芥川　そうだ、お話を聞かせてあげよう。僕は話を作るのが得意なんだ。これなら、お金もかからないし。どんな話がいい？　西洋のお姫様の話なんかどうだい？
フミ　歌。
芥川　昔、ある所に、一匹の蜘蛛がいました。蜘蛛は毎日、歌を歌いながら、せっせと巣を作っていました。すると、そこへ女の子がやってきて、「まあ、キレイ。まるで楽譜みたい」と言いました。蜘蛛はうれしくなって、今度は糸で音符を作り始めました。ドレミファラシド。あ、ソがタランチュラ。（西川浩幸・作）
フミ　（首を横に振って）歌。
芥川　まさか、僕に歌を歌えって言うの？　クリスマス・キャロルを？
フミ　（うなずく）
芥川　いくらサンタクロースだって、歌は歌ってくれないよ。歌のかわりに、金魚鉢で手を打たないか？
フミ　（首を横に振って）歌。
芥川　……誰にも言わないって、約束してくれる？
フミ　（うなずく）
芥川　東京府立第三中学校三年、芥川龍之介、歌います。

芥川が歌い出す。そこへ、サヨとハナがやってくる。

ハナ　それで、芥川さんはどんな歌を歌ったんですか？

フミ　それがよくわからなかったの。龍之介さんは一生懸命歌ってくれたんだけど。

サヨ　つまり、芥川さんは音痴だったのね？

ハナ　（フミに）とんでもない贈り物をもらっちゃいましたね。

フミ　でも、私はうれしかった。龍之介さんは、私のために歌ってくれたんだもの。

サヨ　贈り物は中身じゃない。大切なのはまごころよね。

芥川　（フミに）どうだった？　ちゃんと歌に聞こえたかな？

フミ　（考える）

芥川　だから、歌いたくなかったんだ。よし。今日はこれで帰るか。お兄さんには、また明日来るって言っておいてくれ。（と歩き出す）

フミ　龍之介さん。

芥川　（振り返って）何だい？

フミ　ありがとうございました。（と頭を下げる）

芥川が去る。

ハナ　芥川さんて、やっぱり優しい人なんですね。さっきはちょっとビックリしたけど。
フミ　あんなに大きな声で怒られたの、初めて。
サヨ　それだけフミちゃんのことを大切に思ってるってことよ。
フミ　違うわ。私が龍之介さんを信じなかったからよ。
ハナ　信じなかったのは、うちのお嬢様ですよ。フミさんは、私が何を言っても、気にしなかった。
フミ　あれは強がっていただけ。心の中では心配してた。
ハナ　それが女心ってものですよ。
フミ　でも、龍之介さんは信じてました。私が映画の中で待っているって。それなのに私は。
ハナ　男だって同じですよ。心のどこかで心配してたに決まってます。
サヨ　偉そうなこと言っちゃって。男にもいろんなヤツがいるのよ。太郎さんなんか、ミツを見殺しにして、平気な顔をしてるんだから。
ハナ　お嬢様にはそう見えたんですか？
サヨ　おまえにはそう見えなかったの？
ハナ　上川さんの話を聞きながら、思ったんです。太郎さんも、心の中では苦しんでいたんじゃないかって。
サヨ　どうしてそんなことがわかるのよ。
ハナ　だって、太郎さんは明智小五郎を書くまで、六年もかかったんですよ。ミッちゃんのことをなんとも思ってなかったら、すぐに書けたはずでしょう。
サヨ　でも、明智小五郎のモデルは、芥川さんじゃなかったじゃない。

そこへ、巡査がやってくる。

巡査　こんな所でグズグズしてないで、早く駅へ行きましょう。

ハナ　大内さん、さっきの上川さんの話、本当ですか？　明智小五郎のモデルは芥川さんじゃないって。

巡査　実はそうなんですよ。江戸川乱歩の自伝によると、本当のモデルは当時人気があった、講談師の伯竜って人らしいです。

サヨ　あなた、詳しいのね。

巡査　僕も一応役者ですから、いろいろ調べたんですよ。

ハナ　やっぱりあの人の言う通りなんだ。

巡査　ただ、一つだけ気になることがあるんですよね。

フミ　気になることって？

巡査　明智小五郎の奥さんの名前、知ってますか？

サヨ　私たちが知ってるわけないでしょう？

フミ　（巡査に）何て名前なんですか？

巡査　文代っていうんです。あなたの名前と同じなんですよ。

ハナ　それじゃ、やっぱり？

巡査　おしゃべりはこれぐらいにして、出発しましょう。少女探偵団の皆さん。

四人が去る。
警部と奥様がやってくる。

警部 すいません、突然お邪魔して。

奥様 いいんですよ。今夜はどういうわけか、お客様が多いんです。

警部 失礼ですが、以前どこかでお会いしませんでしたか？

奥様 覚えてないいんですか？　一緒に映画に出たくせに。

警部 はて。私の映画に出ている女は、ガキとバアサンだけですが。

奥様 バアサンですってウッ！（と気を失う）

警部 奥様！（と体を支える）そうか、あなたは有島家の奥さん。いつの間に銀幕から出てきたんですか？

奥様 いいえ。私は銀幕から出てきたんじゃなくて――

警部 （奥様を抱き締めて）会いたかった！　一人ぼっちになってしまって、とっても淋しかったんです！

そこへ、監督がやってくる。

監督 何てことだ。クリスマス・イブに、妻の浮気の現場を目撃するなんて。

奥様　違うのよ。この人が勝手に抱きついてきたの。

監督　（警部に）君は近江谷君じゃないか。（奥様に）よりによって、どうしてこんな男と。

奥様　この人は近江谷さんじゃないみたいなのよ。

監督　しかし、この顔は確かに――

警部　あなたが監督さんですか。

監督　そうですが、あなたは？

警部　私は警視庁捜査一課の菊池です。実は折り入って、相談がありまして。

監督　嘘だ。君が警部のわけない。

警部　いや、私は警部です。

監督　君が外へ出られるわけないんだ。科白はちっとも覚えないし、覚えてもつっかえてばかりで、何回もNGを出したじゃないか。

警部　NGとは何のことかわからんが、私は確かに警部です。相談というのは他でもない。実は、お金を拝借したいと思いまして。

監督　金を貸せだと？

警部　急いで映画館に帰りたいんですが、私は入場券しか持ってない。だから、中野に戻ってくることしかできなかったんです。

監督　そう言って、僕を騙すつもりなんだな？

警部　騙すだと？

監督　最近、仕事がなくて困ってるって聞いたぞ。警部のふりをして、僕から金をむしり取るつもりだろう。

警部　失敬なことを言うな。私はただ、百三十円貸してほしいと。

監督　どうせ貸したら返ってこないんだ。おまえの魂胆なんか見え見えだ。

警部　人を泥棒よばわりしおって。もう頼まん。自分の足で、走って帰るわ。

警部が走り去る。

奥様　あなた、あの人は本当に警部さんなのよ。

監督　しかし、あいつの演技で出られるわけないんだ。

奥様　今夜、みんなが出てきたのは、あなたへのクリスマス・プレゼントだったんじゃない？

監督　僕にプレゼント？

奥様　サンタクロースが、「頑張って、またおもしろい映画を作れ」って。

監督　警部！　ちょっと待ってくれ！　僕もお金は持ってないけど、百三十円なら何とかなるぞ！

奥様と監督が走り去る。

11

ゆきみが飛び出す。反対側から、すずこと芥川が飛び出す。

すずこ　ゆきみ！
ゆきみ　すずこ！　どうやって先回りしたの？
芥川　そんなことより、太郎君とミツさんは？
ゆきみ　今、エレベーターでスタジオに。
すずこ　あんたは一緒に行かなかったの？
ゆきみ　西川さん、太郎さんから伝言です。
芥川　伝言？　まさか、また暗号じゃないでしょうね？
ゆきみ　「ミツさんは、後で必ずお返しします。ここで、ゆきみさんと待っていてください」
すずこ　（芥川に）よかったわね、暗号じゃなくて。でも、素直に信じていいのかな。
芥川　信じていいでしょう。ＴＶだって、嘘じゃなかったし。
すずこ　それじゃ、ここで二人の帰りを待つ？
芥川　太郎君が心配だ。もしかしたら、このまま姿を消すつもりかもしれない。

すずこ　映画の中には戻らないの？

芥川　（ゆきみに）彼は、他に何か言ってませんでしたか？

ゆきみ　もう帰れないって。芥川さんは、けっして僕を許してくれないだろうから。

芥川　許すわけないだろう。

すずこ　そうよ。誰が許すもんですか。私の龍之介を一カ月も騙しておいて。

芥川　どんなに彼がイヤがっても、絶対に連れ戻しますよ。

すずこ　え？

芥川　彼がいなくちゃ、僕らの映画はぶち壊しだ。『ハイカラ探偵物語』のテーマは友情なんですからね。

すずこ　それって、許すことにならない？　芥川さんてば！

芥川が走り去る。

ゆきみ　いつの間に、芥川さんて呼ぶようになったの？

すずこ　仕方ないでしょう？　本人がそう思い込んでるんだから。

ゆきみ　西川浩幸も結構いい演技するよね。

すずこ　演技なんかしてないわよ。あの人はホンモノの芥川龍之介なの。

ゆきみ　何よ。さっきは全然似てないって言ったくせに。

ゆきみとすずこが走り去る。
太郎とミツが飛び出す。太郎は現代の服を来ている。

太郎　太郎はどこです。あなたと一緒に来たんじゃないんですか？
ミツ　その前に、私の質問に答えてください。
太郎　どうして自分が黒蜥蜴だと言わなかったか、ですか。
ミツ　ええ。
太郎　それは、そういう科白がなかったからです。役者っていうのは、シナリオ通りに演技しなくちゃいけないわけで――
ミツ　そんなの理由になりません。
太郎　確かにそうです。あなたのことが好きなら、黙って見殺しにするわけないですからね。
ミツ　やっぱり、私は道具だったんですか？
太郎　道具？
ミツ　いたずらの道具ですよ。あなたは芥川さんに勝つつもりなんかなかった。誰にも気づかれないようにいたずらをして、一人で笑っていたかっただけなんでしょう？

そこへ、芥川が飛び出す。

芥川　ミツさん、太郎君は？

ミツ　エレベーターの所にいませんでしたか？
芥川　いや。
太郎　やっぱり、太郎も来てるんですね？
ミツ　あなたに会えって言ったのは、太郎さんなんです。私の一番知りたいことを教えてくれるからって。
芥川　どこかへ行くって言ってませんでしたか？
ミツ　いいえ。
芥川　やっぱり、姿を消すつもりか。

芥川が走り去る。

ミツ　姿を消すって、まさか……。
太郎　もう映画の中には戻らないつもりなんでしょう。
ミツ　そんなことをしたら、消えてしまいます。
太郎　消えるつもりなんですよ。正体を暴かれた黒蜥蜴は、自殺するしかないんです。
ミツ　私が映画の中で自殺したように？
太郎　ラストで犯人が自殺するのは、ミステリーの常套手段ですからね。
ミツ　（走り出す）
太郎　どこへ行くんですか。

ミツ　（振り返って）決まってるでしょう。太郎さんを止めるんです。

ミツ　太郎はあなたを止めなかったんですよ。

太郎　私は止めます。あの人がどう思っていようと、私には大切な人だから。

ミツ　太郎だって、あなたを大切に思ってました。

太郎　そんなこと、もうどうでもいいんです。

ミツ　一つだけ言わせてください。半年前の僕に、どうしても言えなかったことを。僕は、あなたの役をやった女優さんが好きでした。好きだから、太郎とミツを恋人同士にしてくれって頼んだんです。あの時の気持ちは、今でも太郎の中に残っているはずです。

太郎　あなたと太郎さんは、別の人間でしょう？

ミツ　僕は太郎じゃない。でも、太郎は僕です。今の僕じゃなくて、半年前の僕なんです。あの時の僕は、あの時のあなたを、大切に思っていたんです。

太郎　その気持ちを、私は信じていいんですね？

ミツ　現実の僕たちは結ばれなかった。でも、映画の中のあなたたちには結ばれてほしいんです。太郎を助けてください。

太郎　（うなずく）

ミツが走り去る。反対側へ、太郎が去る。
芥川が飛び出す。反対側から、ゆきみとすずこが飛び出す。

芥川　やっぱり、太郎君はいませんでした。
ゆきみ　それじゃ、もう外へ？
芥川　僕はこの近所を探してきます。あなた方は、この建物の中をお願いします。
すずこ　あと二十分しかないわ。そろそろ映画館に戻らないと。
芥川　映画館まで、タクシーで何分ですか？
すずこ　十五分ぐらいかな。
芥川　とすれば、残りはあと五分。五分後に、もう一度ここで会いましょう。
ゆきみ　それまでに見つからなかったら？
芥川　見つけてみせますよ。正義は必ず勝つんです。

芥川が走り去る。

すずこ　カッコよすぎるぞ！
ゆきみ　あんなこと言っちゃって、大丈夫なのかな。映画の中では、一カ月も負け続けてきたのに。
すずこ　大丈夫よ。なんたって、今夜はクリスマス・イブなんだから。
ゆきみ　クリスマス・イブだと、どうして大丈夫なのよ。
すずこ　別に理由はないけど、クリスマス・イブに悲しい思いなんかしたくないじゃない。
ゆきみ　それはそうよね。私だって、ひとりぼっちじゃ淋しいから、すずこを映画に誘ったんだもん。
すずこ　あんたの言葉に、つい乗せられちゃったのよね。カッコイイ男に声をかけられるかもしれない、なんてさ。
ゆきみ　声をかけられたでしょう？　西川浩幸に。
すずこ　西川じゃなくて、芥川。
ゆきみ　どっちだっていいじゃない。
すずこ　よくない。私は芥川龍之介に会いたかったの。その夢が今夜かなったのよ。奇跡って起こるのよ。起こらないって思ってる人には、絶対に起こらない。でも、今夜の私はそうじゃなかった。
ゆきみ　私だって、西川浩幸に会いたいって思ってたよ。
すずこ　奇跡を起こそうよ、もう一度。
ゆきみ　どうやって？
すずこ　見つけられるって信じて、探すのよ。芥川龍之介のように。

二人が走り去る。
ミツが飛び出す。反対側から、芥川が飛び出す。

ミツ　太郎さんはいませんでしたか？
芥川　もう外へ出たのかもしれません。僕はこの近所を探してきます。
ミツ　私も行きます。
芥川　あなたはロビーで待っていてください。五分経ったら、ゆきみさんとすずこさんが来ます。

ミツ　二人と一緒に、映画館へ帰るんです。
芥川　芥川さんは？
　　　もちろん、僕も帰りますよ。必ず帰るって、フミちゃんと約束しましたからね。でも、もしものことがあったら、彼女に伝えてください。僕が消えても、歴史の上から芥川龍之介が消えることはないって。
ミツ　そんな遺言みたいなことを言わないでください。
芥川　もし僕が消えるなら、それは神の下した罰なんです。僕は間違った推理で、一カ月もあなたの命を奪い続けてきた。
ミツ　芥川さんは悪くありません。
芥川　僕さえ最初に気づいていれば、こんなことにはならなかった。僕に太郎君を責める資格はありません。
ミツ　太郎さんも、一緒に映画館へ帰っていいんですか？
芥川　一緒に帰るために、探しに行くんです。
ミツ　私も行きます。行かせてください。

　　　二人が走り去る。
　　　ゆきみとすずこが飛び出す。ゆきみは歌を歌っている。

すずこ　どうしてこんな時に、そんな歌が歌えるわけ？

ゆきみ　だって、寒いじゃない。歌を歌えば、体があったまるかと思ってさ。
すずこ　（空を見上げて）今にも雪が降ってきそうね。
ゆきみ　やっぱり、屋上なんかにいるわけないか。
すずこ　ちょっと。屋上にいるかもしれないって言ったのは、あんたでしょう？
ゆきみ　私は私なりに推理したのよ。太郎さんは一目につかない所へ行ったんじゃないかって。
すずこ　どうしてそう思うのよ。
ゆきみ　だって、太郎さんは自殺するつもりなのよ。

そこへ、太郎がやってくる。

すずこ　太郎さん！
ゆきみ　やっぱり、私の推理が当たった！
すずこ　（太郎に）こんな所へ何しに来たの？　まさか、下へ飛び降りるつもり？
太郎　まさか。僕は雪を見に来たんですよ。映画の中でも降るけど、あれは全部ニセモノだから。
ゆきみ　もう時間がないのよ。一緒に映画館に帰ろう。
太郎　これを芥川さんに渡してくれませんか。（と宝石を差し出す）
ゆきみ　「ラインの雫」ね？
太郎　これがないと、映画がぶち壊しになりますからね。さあ。
ゆきみ　人に頼まないで、あんたが返しなさいよ。ついでに、ごめんなさいって謝るの。

太郎　僕はここで雪が降るのを待ちます。
ゆきみ　そんなことしてたら、体が消えちゃうじゃない。
太郎　僕のことより、芥川さんの心配をしたらどうです。あなた方がいないと、タクシーにだって乗れないんですよ。
すずこ　芥川さんはあんたを探しに行ったの。
太郎　僕を探しに？
すずこ　芥川さんは、あんたを許すって言ってるのよ。あんたがいなくちゃ、映画がぶち壊しになるから。
太郎　ミツさんさえ戻れば、何とかなりますよ。彼女が黒蜥蜴をやれば。
ゆきみ　またミツさんに死ねって言うの？
太郎　それなら、話を変えればいい。最後は死なずに、逮捕されるってことにすれば。
ゆきみ　わからない男ね。ミツさんはあんたのことが好きなのよ。あんたのためなら、何十回だって死ねる。それぐらい、大好きなのよ。そのあんたが消えちゃったら、ミツさんはどうすればいいのよ。
太郎　忘れてしまえばいい。彼女の命を奪い続けてきたのは、僕なんだから。
すずこ　もう、つべこべ言ってないで、こっちに来なさいよ。（と手を伸ばす）
太郎　（振り払って）帰りなさい。映画はもうおしまいだ。
ゆきみ　（下に向かって）芥川さん！

別の場所に、芥川とミツが飛び出す。

芥川 今、誰か、僕を呼ばなかった?

ミツ さあ。

ゆきみ 芥川さん!

芥川 ほら、ゆきみさんの声だ。

ミツ (空を見上げて)あそこです! 屋上!

芥川 ゆきみさん!

ゆきみ 太郎さんがいたのよ! ここに!

芥川 わかりました! 今、行きます!

太郎 来るな! 宝石を投げるぞ!

すずこ 投げたければ投げればいいじゃない。そんなのただのガラスでしょう?

太郎 たとえガラスでも、僕らにとっては宝石だ。これを持って帰らなければ、映画はぶち壊しになるだろう。

芥川 太郎君、聞いてくれ! 僕らの映画には、君が必要なんだ!

太郎 僕がいなくても話はできる! あなたが話を考えればいい!

芥川 友情というテーマはどうなるんだ!

太郎 そんなもの、初めからなかった!

芥川 僕にはあった! 今だってある!

太郎　僕はあなたを騙したんですよ！
芥川　知ってるさ！
太郎　間違った推理をさせて、腹の中ではあざ笑ってたんですよ！
芥川　それも知ってる！
太郎　そんな男を、どうして許せるんだ！
芥川　僕も同じことをしただろうから！　君が志賀さんだったら、谷崎さんだったら、僕だって同じことをしたはずだ！
太郎　嘘だ！
すずこ　嘘じゃないわ。龍之介は、志賀と谷崎をいつも気にしてたのよ。二人よりいいものが書きたくて、書けなくて、最後には……。
ゆきみ　自殺したのね？
太郎　何だって？
芥川　江戸川乱歩は、日本の探偵小説を始めた男だろう！　こんな所で死んじゃいけない！
太郎　来るな！
芥川　死ぬなら、映画の中で死ぬんだ！　そして、もう一度、僕と戦えばいい！
太郎　来るな！
芥川　何度でもやり直すんだ！　僕らの映画は僕らのものなんだから！
太郎　来るな！

太郎が宝石を投げる。

ゆきみ　あっ！

すずこ　地面に落ちたら割れちゃうわ！　ただのガラスなんだから！

ゆきみ　あっ！

芥川とミツがいる場所に、サヨが飛び出して、宝石をキャッチ。後を追って、フミとハナも飛び出す。

サヨ　お母様にいいお土産ができたわ。

ゆきみ　サヨちゃん！

サヨ　芥川さん、怒らないで。残ろうって言ったのは、私なんだから。

芥川　本当は？

サヨ　フミちゃんです。ダメだわ。どうしても自分を守ってしまう。

フミ　（芥川に）私が残るって言い出したんです。私は、どうしても龍之介さんの役に立ちたかったんです。

ハナ　（芥川に）それが女心だって、私も賛成しました。怒るなら私を怒ってください。

サヨ　（芥川に）私も。

芥川　ありがとう。

サヨ　は？

芥川　やっぱり、映画は一人じゃ作れないんだ。助けてくれて、ありがとう。

芥川が走り去る。後を追って、サヨ・フミ・ハナ・ミツが走り去る。

ゆきみ　太郎さんが死んだら、ハッピーエンドにならないじゃない。クリスマス・イブに、そんな映画は見たくない。

太郎　さっき、自殺って言いましたね？

すずこ　龍之介は自殺するのよ。昭和二年の七月二十四日。

太郎　昭和って？

すずこ　大正の次の時代。死んだ時は、三十六歳。

太郎　今からたったの十一年後ですか？　でも、どうして自殺なんか。

すずこ　一番の理由は、作家としての行き詰まり。若い頃から、いいものを書きすぎちゃったのよ。

太郎　芥川さんはそのことを知ってるんですか？

すずこ　知ってるわけないでしょう？　あんたも絶対に言わないでね。

太郎　江戸川乱歩は何歳まで生きたんですか？

すずこ　知らないけど、かなり長生きしたはずよ。最後だって、自殺じゃなかったし。

ゆきみ　未来を知っていたら、芥川さんを騙そうなんて思わなかったわね。

太郎　僕らには今しかないんです。

そこへ、芥川が飛び出す。

芥川 すずこさん、残り時間はあと何分ですか？

すずこ 九時まで九分。

芥川 それなら、まだ間に合いますね？

すずこ タクシーがうまくつかまればね。

芥川 太郎君。君が「犯人は？」って聞いたら、僕はミツさんじゃなくて、君を指さすからね。君が黒蜥蜴だってことは、もうわかってしまったんだから。

ゆきみ それじゃ、太郎さんが逮捕されて、警察に連行されるの？

芥川 大丈夫大丈夫。恋人のミツさんが逃がしてくれますよ。

ゆきみ それで、第二の予告状が送られてくるのね。

芥川 そこから先は、太郎君が考えるんだ。

すずこ 話が全然変わっちゃうじゃない。そんなことして、いいの？

芥川 これは僕らの映画なんだ。僕らの好きにさせてもらいますよ。

ゆきみ 監督さんが怒るわよ。

芥川 （太郎に）暗号はあんまり難しくしないでね。

太郎 芥川さん。

芥川 さあ、帰ろう。

太郎 芥川さん、雪です。ホンモノの雪です。

四人が空を見上げる。走り去る。

12

巡査と奥様がやってくる。

巡査　奥さん、僕は明朝五時に、南極へ旅立ちます。
奥様　私を置いて、一人で行くの？
巡査　僕らは、この世では結ばれない運命にある。奥さんへの思いは、南極の氷の下に埋めてくるつもりです。
奥様　私はどうなるの？　あなたの身にもしものことがあったら。
巡査　僕のことは忘れてください。
奥様　忘れられるもんですか。あなたと過ごした半年の日々は、私をすっかり別の女に変えてしまったの。もうあなたなしでは生きていけない。
巡査　それは僕だって同じです。
奥様　だったら、私も連れてって。南極だって、北極だって、あなたと一緒なら怖くない。

そこへ、すずこ・サヨ・フミ・ハナがやってくる。

巡査　奥さんには家庭がある。僕みたいな男のために、娘さんを悲しませてはいけない。
奥様　あの子だって、もう大人よ。一人で生きていけるわ。
巡査　あなたは女である前に、母親なんです。
奥様　あなたの前ではただの女よ。一人ぼっちの淋しがりや。
巡査　人は誰でも淋しいのです。それでも、人は一人で生きていくしかない。
奥様　どうしても行ってしまうの？
巡査　オーロラが、僕を呼んでいるんです。
サヨ　おまわりさん。
巡査　ほら、呼んでいる。
サヨ　おまわりさん。
奥様　サヨ！
サヨ　お母様、今のは何？
奥様　お芝居のお稽古よ。何もしないでお留守番してると、退屈だから。
サヨ　本当にお稽古？
奥様　当たり前じゃないの。誰が好き好んでこんな男と。
巡査　こんな男と？
奥様　また二人きりになったら、今の続きをやりましょうね。

そこへ、ゆきみ・芥川・太郎・ミツが走ってくる。

ゆきみ すずこ！

すずこ ゆきみ！　間に合って、よかった。

奥様 ミツ！　私の宝石を返してちょうだい！

ハナ 奥様、ミッちゃんを怒らないでください。宝石は、お嬢様が取り戻しました。

サヨ 私のタイピング・キャッチ、お母様にも見せたかったわ。ほら、ミツ。（と宝石をミツに渡す）

ミツ 奥様、いろいろご迷惑をかけて、申し訳ありませんでした。（と宝石を差し出す）

奥様 （受け取って）いいのよ。きっとおまえも恋をしてたんでしょう？

ゆきみ みんな、早く入って！　エンドマークまで、二分しかない！

サヨ・フミ・ハナ・ミツが中に入る。

芥川 すいませんでしたね、とんだ騒ぎに巻き込んじゃって。

ゆきみ 私はとっても楽しかった。交通費はかなりかかったけど。

すずこ でも、明日からは大変ね。上映のたびに、話が変わるわけでしょう？

芥川 一回一回が真剣勝負です。よかったら、また見に来てください。ただ一つ心配なのは、今の回の上映です。楽しんでいただけましたか？

ゆきみとすずこがうなずく。

フミ　龍之介さん、早くしないと時間が。
芥川　そうだった。あれ？　誰か一人足りない気がするな。
巡査　警部殿がいません！
サヨ　あのバカ、まだ戻ってきてないの？
すずこ　あのまま東西線に乗っていっちゃったのかな？
ゆきみ　浦安まで行って、ディズニーランドで遊んでるんじゃない？
太郎　そんな。あと一分しかないのに。

そこへ、警部と監督が走ってくる。

警部　待ってくれ！
太郎　警部さん！　どこへ行ってたんですか！
警部　ちょっと東京の街を散歩してきたんだ。最後は、この人が橇に乗せてくれてね。
太郎　橇？
ゆきみ　（警部に）わかった。クレーン車に吊ってあった箱ね？
警部　いや、まるで空を飛んでるみたいだったぞ。（監督に）お世話になりましたな。

監督　またいつでも会いに来てくれ。みんなもな。

太郎と警部が中に入る。

芥川　さようなら、ゆきみさん。さようなら、すずこさん。
ゆきみ　ありがとう、芥川さん。
芥川　やっと芥川って呼んでくれましたね。
すずこ　ありがとう、芥川さん。最高のクリスマス・プレゼントでした。
芥川　あれ、気づかなかったんですか？　僕はサンタクロースなんですよ。
ゆきみ・すずこ　え？

芥川が中に入る。と同時に、登場人物たちの前に、銀色のテープが落ちる。そのテープに、次の文字が映る。
「THE　END」

〈幕〉

あとがき

『嵐になるまで待って』には原作がある。僕が一九九一年に書いた小説『あたしの嫌いな私の声』だ。一九九一年当時、僕はろう者（耳の聴こえない人）と接したことが全くなかった。道端や駅のホームやラーメン屋の中で、二人以上のろう者が手話で会話するのを、何度か見かけたことはある。が、直接、話しかけられたり、僕から話しかけたりしたことはなかった。だから、雪絵という役は、想像だけで書いた。

『あたしの嫌いな私の声』を脚色して、『嵐になるまで待って』というタイトルで上演したのは、一九九三年。その時、僕は脚本を担当しただけで、演出はやらなかったので、稽古場にはほとんど行かなかった。それは、同時期に『ジャングル・ジャンクション』という芝居の脚本と演出をしていたためで、実は本番も二、三回しか見ていない。

再演は、一九九七年。その時は、演出も僕がやった。演出をやるに当たって、僕が決心したのは、ろう者に、手話に、真剣に取り組もうということ。小説も戯曲も、僕は想像だけで書いてしまった。しかし、演出するとなったら、そうは行かない。雪絵役の明樹由佳とともに、雪絵という人間を作り上げなければならない。

知人の紹介で、手話コーディネーターの妹尾映美子さんとお会いしたのは、再演の稽古が始まる一カ月前だった。その明るい人柄にいっぺんに魅せられてしまった僕は、初めてお会いしたその場で、

「僕らに手話を教えてください」とお願いした。雪絵の科白を手話に翻訳するだけでなく、手話そのものを教えてほしいと。

妹尾先生は、手話コーディネーターであると同時に、日本ろう者劇団に所属する俳優でもある。そこで、週に一回か二回、稽古に来てもらい、ワークショップをやってもらった。ある時は、日本ろう者劇団でやっているゲームを教えてくれた。またある時は、日本ろう者劇団の役者さん五人を連れてきて、一緒にゲームをやらせてくれた。

その時、僕は初めてろう者と接した。驚いたのは、そのパワーだ。五人が五人とも、実にパワフルに稽古場を走り回る。遠慮もためらいもない。何だか、僕らが日本ろう者劇団の稽古場にお邪魔しているような気になった。それほど、彼らは元気だった。自分の感情をストレートに表現した。

そう。ろう者はストレートだと言う。ストレートなのだ。アメリカに行ったことのある人は大抵、アメリカ人は日本人よりストレートだと言う。アメリカ人の家を訪ねた時、「コーヒーを飲むか?」と聞かれて、遠慮して「お構いなく」と言ったら、「ああ、そう」と何も飲み物を出してもらえなかった。そんな話をしばしば聞く。

日本人は、礼節を重んじる。いくら喉が乾いていても、「飲みたい! 飲みたい!」と騒ぐわけにはいかない。感情を丸出しにするのは、子供っぽくて、はしたないことだから。テレビで大リーグの中継を見るたびに、アメリカのアナウンサーはなんて喧しいんだろうと呆れてしまう。日テレの福澤朗さんだって、あんなに叫びはしないよと。

ろう者もそれに近いところがある。聴者は、ある感情が強いことを表現しようと思った時、「とても」や「非常に」などの副詞をつける。たとえば「とてもうれしい」とか。しかし、ろう者は「うれしい」という手話を激しくやる。とてもうれしそうな顔で。言葉をつけくわえるのではなく、「うれしい」という感情を強く表現する。

ろう者は耳が聴こえない。聴者と比べると、聴覚という能力が欠けている。だから、弱い。そう、僕は思っていたのだ。が、実際は全く弱くなかった。足りない部分は、顔や手を使った、ストレートな感情表現で、十二分に補っていた。聴者より、よっぽど元気だった。とにかく、その日は圧倒されっぱなしだった。

そんな稽古を経て、『嵐になるまで待って』の再演は終わった。終わると同時に、僕は考えた。次にやる時は、雪絵役をろうの俳優にやってもらおう。そうすることで、この芝居はもっとおもしろくなる。キャラメルボックスという劇団も、もっと成長することができる。

しばらくして、家でテレビを見ていると、『アイ・ラヴ・ユー』という映画の撮影風景を紹介する番組をやっていた。ヒロインはろうの女優である、忍足亜希子という人。なんてキレイな人だろうと思っていたら、そこに見たことのある顔が出てきた。妹尾先生だった。妹尾先生は、手話コーディネーターとして、その映画に参加していたのだ。

次の雪絵はこの人だ。そう確信した。妹尾先生に頼んで、会わせてもらおう。僕の芝居に出てくださいとお願いしようと。しかし、いきなりお願いするのは失礼だ。僕は『アイ・ラヴ・ユー』を見たり、忍足さんの本を次々と買って読んだりして、忍足さんについて勉強した。そして、妹尾先生に手紙を書いた。

答えはオーケイ。本当にうれしかった。忍足さんは、『ブリザード・ミュージック』という芝居の神戸公演に、妹尾先生と一緒に見に来てくれた。楽屋の廊下で会った時の緊張は、筆舌に尽くしがたい。後で妹尾先生に、「成井さんは全速力で走ってきた」と言われた。そうだったかもしれない。僕は口と手を大きく動かして、頼んだ。そして……。

二〇〇二年七月、『嵐になるまで待って』の三回目の上演の日がやってきた。キャラメルボックスのサマーツアーとして。初演から再演へはかなりの書き直しをしたが、再演から再々演へはほとんど変更なし。と言っても、この文章を書いている段階では、まだ稽古が始まったばかり。本番までに、科白はさらに変わっていくだろう。

『サンタクロースが歌ってくれた』は、キャラメルボックスのクリスマス公演として、一九八九年の十二月に上演された。自分で言うのも何だか、この作品こそが、僕の最高傑作だと思っている。当時の僕は、二十八歳。あれから十三年経ったが、この作品を超えるものはいまだに書けていない。新作のたびに、今度こそはと思っているのだが。

再演は、一九九二年の十二月。再々演は、一九九七年の十二月。三回やって三回とも、芥川役は西川浩幸、太郎役は上川隆也、警部役は近江谷太朗。三人にはそれぞれ当たり役があるが、三人揃って当たり役というのは、この芝居だけだ。三人がハイテンションでバトルを繰り広げる、中野駅の場面は、キャラメルボックス史上最高の名場面だと思う。

『あたしの嫌いな私の声』を書いた時、雪絵は宝石だった。波多野が守らなければ、誰かに盗まれたり、傷つけられてしまう、美しい宝石。しかし、今は違う。雪絵は人間だ。感情をストレートに表現する、ろう者だ。ただの宝石であるはずがない。だから、再々演では、より明るく、活動的に演じてもらおうと思う。

稽古場の忍足さんは明るい。いつも笑顔だ。ろう者は弱者ではない。実際に会って、話をしてみれば、よくわかる。しかし、聴者の勝手な思い込みが、ろう者を生きにくくしてしまっている。そのことに、僕はやっと気づいた。『あたしの嫌いな私の声』を書いてから、十一年も経って。
しかし、まだ遅くはない。僕は次の芝居を考えている。元気なろう者が大活躍する芝居を。その時は、また妹尾先生に力を貸してもらいたいと思っている。妹尾先生と出会えたおかげで、僕の世界は確実に広がった。この場を借りて、お礼を言いたい。そして、また次の時もよろしくと。

二〇〇二年六月二十日、キャラメルボックスの十七回目の結成記念日、東京にて

成井　豊

『嵐になるまで待って』

上演期間	1993年10月1日～18日	1997年7月17日～8月26日	2002年7月25日～9月16日
上演場所	聖蹟アウラホール	新神戸オリエンタル劇場 サンシャイン劇場 札幌市教育文化会館 仙台市民会館	新神戸オリエンタル劇場 サンシャイン劇場

■CAST

ユーリ	酒井いずみ	岡田さつき	岡内美喜子
幸吉	上川隆也	今井義博	細見大輔
波多野	細山毅（劇団ショーマ）	岡田達也	岡田達也
雪絵	竹内晶子（客演）	明樹由佳	忍足亜希子（客演）
滝島	近江谷太朗	山田幸伸（劇団SET）	大内厚雄
勝本		南塚康弘	畑中智行
チカコ	石川寛美	石川寛美／中村亮子	中村亮子
津田	今井義博	大内厚雄	佐藤仁志
高杉	岡田達也	近江谷太朗	三浦剛
広瀬教授	西川浩幸	西川浩幸／細見大輔	西川浩幸

■STAGE STAFF

演出	高橋いさを（劇団ショーマ）	成井豊	成井豊
演出助手		白坂恵都子	白坂恵都子，大森美紀子 隈部雅則
美術	キヤマ晃二	キヤマ晃二	キヤマ晃二
照明	黒尾芳昭	黒尾芳昭	黒尾芳昭
音響	早川毅	早川毅	早川毅
振付		川崎悦子	川崎悦子
手話指導	吉田美知代	妹尾映美子	妹尾映美子
照明操作	熊岡右恭	勝本英志，大島久美	勝本英志，高島里香 大波多秀起
音響操作	長柄篤弘		
スタイリスト	小田切陽子	小田切陽子	丸山徹
衣裳	BANANA FACTORY	BANANA FACTORY	
ヘアメイク指導			武井優子
大道具製作	C-COM	C-COM，オサフネ製作所 ㈲拓人	C-COM，㈲拓人 オサフネ製作所
小道具	きゃろっとギャング 工藤道枝	きゃろっとギャング 篠原一江，大畠利恵 高橋正恵	酒井詠理佳
小道具助手			村西恵
舞台監督助手	田中里美	桂川裕行	桂川裕行，藤林美樹 浅井香都枝
舞台監督	村岡晋	村岡晋，矢島健	村岡晋，矢島健

■PRODUCE STAFF

製作総指揮	加藤昌史	加藤昌史	加藤昌史
宣伝美術		GEN'S WORKSHOP ＋加藤タカ	
宣伝デザイン	ヒネのデザイン事務所 ＋森成燕三	ヒネのデザイン事務所 ＋森成燕三	ヒネのデザイン事務所 ＋森成燕三
写真	伊東和則，大須賀博	伊東和則	伊東和則，山脇孝志
企画・製作	ネビュラプロジェクト	ネビュラプロジェクト	ネビュラプロジェクト

上演記録

『サンタクロースが歌ってくれた』

上演期間	1989年12月11日～25日	1992年12月9日～31日	1997年11月20日～12月30日
上演場所	新宿シアターモリエール	パナソニック・グローブ座 近鉄劇場	メルパルクホール福岡 新神戸オリエンタル劇場 サンシャイン劇場

■CAST

ゆきみ	大森美紀子	大森美紀子	岡田さつき
すずこ	石川寛美	石川寛美	坂口理恵
芥川	西川浩幸	西川浩幸	西川浩幸
太郎	上川隆也	上川隆也	上川隆也
警部	近江谷太朗	近江谷太朗	近江谷太朗
サヨ	真柴あずき	真柴あずき／酒井いずみ	真柴あずき
フミ	伊藤ひろみ	伊藤ひろみ	中村亮子
ハナ	渡辺宏美	板垣悦子／町田久実子	前田綾
ミツ	中村恵子	中村恵子／坂口理恵	明樹由佳
巡査	松野芳久	今井義博	大内厚雄／南塚康弘
奥様	遠藤みき子	遠藤みき子／津田匠子	大森美紀子
監督	成井豊	岡崎健二（劇団離風霊船）	細見大輔／今井義博

■STAGE STAFF

演出	成井豊	成井豊	成井豊
演出助手	横倉智子	相良佳子	石川寛美，白坂恵都子
美術	福島正平	福島正平	キヤマ晃二
照明	黒尾芳昭	黒尾芳昭	黒尾芳昭
音楽	伊藤健人		
音響効果	井指恵美子	早川毅	早川毅
振付	まつみやいづみ	川崎悦子	川崎悦子
歌唱指導	杉村理加		
照明操作	木下泰男	熊岡右恭，桜井里佳	勝本英志
衣裳プラン	さかいちえこ	宮本まさ江	小田切陽子
衣裳助手		小田切陽子	
衣裳	BANANA FACTORY	BANANA FACTORY 砂原あい，柿沼美和子 高橋理緒，清水花里	BANANA FACTORY
衣裳製作			アンルセット
ヘアメイク指導			馮啓孝
大道具製作		C-COM	C-COM，オサフネ製作所
小道具	きゃろっとギャング	きゃろっとギャング 工藤道枝，小林加代子 増田剛，篠原一江	酒井詠理佳，篠原一江 きゃろっとギャング
舞台監督助手			桂川裕行
舞台監督	高橋麻衣子	村岡晋，矢島健	村岡晋，矢島健

■PRODUCE STAFF

製作総指揮	加藤昌史	加藤昌史	加藤昌史
宣伝美術	GEN'S WORKSHOP	GEN'S WORKSHOP	GEN'S WORKSHOP ＋加藤タカ
宣伝デザイン	ヒネのデザイン事務所 ＋森成燕三	ヒネのデザイン事務所 ＋森成燕三	ヒネのデザイン事務所 ＋森成燕三
写真	祇園幸雄，小林宗夫	伊東和則	岸圭子，伊東和則
企画・製作	ネビュラプロジェクト	ネビュラプロジェクト	ネビュラプロジェクト

成井豊（なるい・ゆたか）
1961年、埼玉県飯能市生まれ。早稲田大学第一文学部文芸専攻卒業。1985年、加藤昌史・真柴あずきらと演劇集団キャラメルボックスを創立。以来、全公演の脚本と演出を担当。代表作は『ナツヤスミ語辞典』『銀河旋律』『広くてすてきな宇宙じゃないか』『ハックルベリーにさよならを』『さよならノーチラス号』など。

この作品を上演する場合は、必ず、上演を決定する前に下記まで書面で「上演許可願い」を郵送してください。無断の変更などが行われた場合は上演をお断りすることがあります。
〒161-0011　東京都中野区中央5-2-1　第3ナカノビル
株式会社ネビュラプロジェクト内
演劇集団キャラメルボックス　成井豊

CARAMEL LIBRARY Vol. 9
嵐になるまで待って

2002年7月25日　初版第1刷印刷
2002年8月10日　初版第1刷発行

著　者　成井　豊
発行者　森下紀夫
発行所　論 創 社
東京都千代田区神田神保町2-19　小林ビル
振替口座　00160-1-155266　電話　03（3264）5254
組版　ワニプラン／印刷・製本　中央精版印刷
ISBN4-8460-0467-8